远走高飞

Yuǎn Zǒu Gāo Fēi

柳岱林　著

河南文艺出版社
·郑州·

图书在版编目（CIP）数据

远走高飞/柳岱林著. —郑州:河南文艺出版社,
2018.11(2019.9 重印)

ISBN 978-7-5559-0764-0

Ⅰ.①远…　Ⅱ.①柳…　Ⅲ.①长篇小说-中国-当
代　Ⅳ.①I247.5

中国版本图书馆 CIP 数据核字(2018)第 250961 号

出版发行	河南文艺出版社
本社地址	郑州市郑东新区祥盛街 27 号 C 座 5 楼
邮政编码	450018
承印单位	三河市兴国印务有限公司
经销单位	新华书店
开　　本	890 毫米×1240 毫米　1/32
印　　张	7.75
字　　数	147 000
版　　次	2018 年 11 月第 1 版
印　　次	2019 年 9 月第 2 次印刷
定　　价	35.00 元

他们手挽手漫步向前，

穿过伊甸园踏上他们孤独的路。

——弥尔顿《失乐园》

目 录

第 一 章 / 1

第 二 章 / 9

第 三 章 / 17

第 四 章 / 26

第 五 章 / 32

第 六 章 / 37

第 七 章 / 46

第 八 章 / 54

第 九 章 / 62

第 十 章 / 69

第 十 一 章 / 79

第 十 二 章 / 89

第 十 三 章 / 94

第 十 四 章 / 102

第 十 五 章 / 109

第 十 六 章 / 119

第 十 七 章 / 127

第 十 八 章 / 138

第 十 九 章 / 147

第 二 十 章 / 157

第二十一章 / 164

第二十二章 / 179

第二十三章 / 185

第二十四章 / 192

第二十五章 / 200

第二十六章 / 212

第二十七章 / 221

第二十八章 / 227

后记 远走高飞, 自己解围 / 241

第一章

　　每隔一段时间，陈默就会做同一个梦。梦中，他走在旷野上，走着走着，觉得自己的身体越来越轻。他心中一阵兴奋，预感有什么事就要发生。于是，他开始往前奔跑。跑着跑着，他突然腾空而起。飞起来了！一阵狂喜涌上心头——

　　这时，他从书桌上直起身，醒来了。过了一会儿，他才想起来自己是在看书稿时睡着了。

　　他向窗外望去。天越来越冷了，雪下个不停。雪花在天空中翻腾飞舞，像一群一群小小的鱼在追逐自己的影子。这时候，门开了，他的好朋友徐泽洋走了进来，说："想不想看一些好东西？"

　　徐泽洋跟他住得很近，所以经常来他这里串门。

　　"什么好东西？"陈默问。

　　徐泽洋走到窗户前，招手道："你来这里看。"

　　陈默走过去，往楼下望去：对面那条长长的走廊里停着两辆山地自行车，旁边站着两个大学生模样的男子。

"怎么样,车漂亮吧?"徐泽洋问道。

"嗯,看起来跟全新的一样。"

"那两个男孩子要卖车,只不过——他们说两辆车的链条都要修一下。"

"我会修链条。"陈默不由自主地说。

"你知道他们开价多少吗?"

"多少?"

"两千五。"

"两千五两辆车?"

"你想得美,"徐泽洋笑出声来,"两千五一辆。"

陈默说:"这样的车,这个价格也算是很便宜了。"

"就知道你识货。是啊,简直跟偷来的一样。要不要下去跟他们谈谈?"

"那还愣着干吗? 走啊!"

徐泽洋一把拉住陈默,说:"如果你真想买,就别表现得太心急,不然价格就砍不下来了,好吗?"

"好的。"

雪依旧下着。陈默和徐泽洋冒着无声无息、若隐若现的落雪,走出公寓,找到了那两个卖车的人。

"它们很新,对不对? 我们才买了三个月不到,"其中一个车主说,"只是链条出了点小问题,稍微修一下,就能骑上到处跑了。"

"小问题?"徐泽洋站在那里,无动于衷地说,"我觉得这可不是稍微修一下就能搞定的。"

"链条只是不小心淋了雨,锈了一点而已。不信你自己骑骑看。"

"算了,这下雪天的,太容易摔跤了。说吧,你最低开价多少?"

"我已经说过了,这样的车,两千五一点都不过分。"

"两千五?"徐泽洋惊讶地说,"你开什么玩笑?"

"我们是马上毕业的大四学生,而且也不打算留在这里工作。这两辆车带不走,才会来卖。看样子你们也是懂车的人,两千五,你们捡了个大便宜。"

徐泽洋说:"两千五,也不是个小数目,我们可没那么多钱。"

"两千五买这样一辆车,可是不好遇到的机会啊。"

在一旁的陈默冲徐泽洋眨了眨眼睛,突然打断道:"不好意思,能让我们商量一下吗? 两分钟就行。哎,过来——"

"什么事?"徐泽洋说。

"跟我来就行了。"

两人走到一边后,陈默说:"我只能拿出两千块来,现在存钱太不容易了。"

"这么说,你想买?"

"嗯,想。那车看起来简直就跟专业赛车手骑的一样,可惜价格还是贵了,我买不起。"

徐泽洋吸了一口气,说:"还记得前年的夏天吗?"

"我们一起骑着几十块钱的破车翻越径山?"

"嗯,是的。"

"那次玩得真是开心啊!"陈默脸上露出了神往的表情。

"是啊。"徐泽洋轻轻地点着头,微笑着说。

"不行,"陈默痛苦地跺了跺脚,又咬了咬嘴唇,"我一定要拿下一辆。"

"那我先借给你五百块,怎么样?"徐泽洋对他笑了笑。

"你从哪里弄来的钱?"

"手里的股票涨了,小赚了一笔。"

陈默艳羡又吃惊地看着徐泽洋,说:"真的吗?"

"真的。"

"那我们买吧!"

"好,买!"

十多分钟后,两人像办齐了年货急着回家的人一样,各扛着一辆自行车,满脸通红地回到了陈默的住处。

徐泽洋放下车子,与陈默相视一笑,说:"这下总该心净了吧?"

"是啊,就是不知道什么时候能出去兜一圈。"

"等一开春就去。"

陈默坐下来,拿起一叠装订好的打印纸,一边看一边说:"那么久?我等不及了,等雪停了我就去。"

"你就是太冲动了。这样的天气,忍耐是比急切更好的选择——你在看什么?"

"我在看一部小说。"陈默把视线转离书稿,看着徐泽洋。

"哟,你这个大编辑可真够敬业的,休息天还看稿子。"

"我也是没办法。你知道吗,前段时间发生了一件奇怪的事儿——"

"什么事?"徐泽洋有点好奇。

"大学时我有一个同学,这人平时少言寡语的,几乎从不跟人打交道。毕业后,我就跟他断了联系。没想到他最近找到我,请我去'楼外楼'吃了顿饭,硬是把这稿子塞给了我。"

"这是他写的?"

"嗯,他还说让我帮他看看,有没有出版的可能。"

"那你怎么回答他的?"徐泽洋的兴趣越来越浓了,他俯下身,去看陈默拿在手里的那部稿子,但看到的不过是一些密密麻麻的字符。

陈默说:"至于出版,你也知道,那是不可能的嘛。可我看他脸上的表情挺认真的,又不好意思不收,只好答应帮他看看。"

"吃人嘴短拿人手软,一点不错。"

陈默冲徐泽洋微笑了一下，笑中带有一丝不屑的意味，说："我还没怪他浪费我的时间呢！这小说我看了一些，觉得很一般。也难怪，像他这种人能写出什么像样的东西来呢？"

"他这种人？他是什么样的人？"

"起先我觉得他木木的，没一点儿社交的本领，也没什么特立独行的举动。你可以跟他简单地交流，但肯定不愿意跟他待在一起。他就是一个毫不起眼的人，你没任何必要在他身上浪费时间。"

"那后来呢？你对他的看法改变了？"

"嗯，后来我觉得他是个怪人。"

"不会吧？你怎么对他有这么大意见？"

"不光是我，那会儿所有人都这么认为。你是不知道，他这人表面上看起来一副不食人间烟火的样子，一本正经得跟个政治家似的，暗地里花花肠子可多着呢。那时候，班上有个叫林可妍的班花，已经有男朋友了，他还是缠了人家整整一年。唉，这个人啊，真搞不懂他到底是真傻还是假傻。"

徐泽洋笑了起来："怎么能这么说人家？这说明人家是个痴情汉子呗。"

"什么呀，他这叫虚伪！"陈默哼了一声，"说到底，还不是看人家姑娘长得漂亮？"

"哎，对了，说说看，他是怎么缠那姑娘的？"

"都是年轻学生玩的那些老一套啦，早上去送个早饭啊，情人节送点礼物啊什么的。"

"哦，"徐泽洋有点失望地说，"我还以为会有什么大动静呢！"

"大动静倒也有。我记得很清楚，有一回一个同学在上课的时候拿他跟那个班花的事情开玩笑，说他追了她那么久，肯定要憋坏的，到时候要是真跟她上床，肯定连一分钟都撑不住。"

"然后呢?"徐泽洋禁不住笑出声来。

"然后他当着全班同学和老师的面，把那人揍得进了医院。后来听说那人缝了好几针，半个月都没来上课。"

"哇，是个纯爷们，他叫什么名字?"

"郑旻。"

"很陌生的名字。"

"那当然了，你要是听说过才怪。"陈默顿了一下，接着说，"当时我也挺惊讶的，那人平时看上去就像一块没感情的石头，真想不到会做出这种事情。自那以后，我们都不怎么理他了——"

这时候，他的手机响了起来。

"喂，你现在在哪里?"听筒里传来周语菲的声音。徐泽洋冲陈默知趣地笑了笑，去忙自己的事情了。

"在住的地方啊，有事吗?"陈默说。

"没事就不能给你打电话吗?"那头的周语菲嗔怪道。

"当然能。你怎么了,想我了?"

"去你的,谁想你了！我还真有正事要跟你说。"

"什么事?"

"这个周末两天都陪着我,你觉得怎么样?"

"两天啊?"陈默没想到周语菲会突然提出这个要求。

"你不想来,是不是?"周语菲有些愠怒地说,"你又跟徐泽洋在一起,是不是? 你到底是在跟他谈恋爱还是在跟我谈恋爱?"

"你听我说——"

"我不要听！你先听我说,我们在一起多久了?"

"快一年了。"

"快一年了！我宝贵的一年青春都献给了你,难道换不来你两天的时间吗?"

"好了,姑奶奶别生气,"陈默无可奈何地苦笑着,"我答应你还不行吗?"

第二章

　　眼下,陈默正急匆匆地朝一家旅馆赶。

　　"糟糕,迟到了。"到达目的地之后,他一眼看见大厅里挂着的钟,就自言自语地说。

　　的确,他已经迟到了。

　　他匆忙走上楼梯,跑过走廊,在一个房间的门口迟疑了一下。然后,他鼓足了勇气,敲了敲门。

　　门开了,周语菲出现在他面前。

　　"你干什么去了,怎么现在才来?"她问道。

　　陈默看着她,无辜地说:"我什么也没干,外面下雪,路上又堵车了。"

　　"你爸妈不是让你这周末回去吗?"

　　"我跟他们说,我一好哥们儿生病住院了,我得去看看。"

　　周语菲说:"你真是个撒谎精。"

　　陈默一边走进房间,一边说:"还不是为了你。我要是答应了他们,我们就不能一道出去吃饭了,就不能一起出去看电影了,今晚也不能在一起睡觉了。你也知道,咱俩不管到谁家里,一起睡觉都是不行的。"

周语菲的脸有点红了:"好吧,先原谅你这一回。"

他笑了,盯着她看了一会儿。

接着,两人都不再说话。他搂着她,轻轻地吻她。她的嘴唇甜蜜蜜的。他轻轻地把她推倒在床上。她眯起眼睛,等着他向她表示爱情。

此时此刻,陈默感到幸福极了。他在孤独中度过了好几年。在以往那数不清的寂寞夜晚,他曾梦见过像周语菲这样的姑娘,梦见过像她这样的美人。如今,他的这个美梦成真了。她先睁开眼睛,然后又把他的头向下一按,跟他吻了起来。他俩搂着睡觉,直到该吃晚饭的时候才起来。

在一家餐厅里吃过晚饭,两人一起去电影院。路上,他们走过一家灯火通明的商场,里面挤满了为过节买东西的人。陈默问周语菲说:"你想要一些什么礼物呢?"

"我就想要你这个人。"她紧紧地靠着他。

陈默看了她一眼,对她笑了一笑。

她也回了他一个笑,说:"你觉得你爸妈会赞成我们结婚吗?"

陈默柔情地说:"这根本不成问题。真正的问题是,你爸妈会不会接受我?"

周语菲说:"他们赞成也罢,不赞成也罢。"

　　陈默半开玩笑地说:"你真愿意跟我结婚吗?"

　　"真愿意。"她很严肃,没有笑。

　　"奇怪——"

　　"哪里奇怪了?"

　　"我一没房二没车,人也长得不帅,你到底看上我哪一点了? 难道真是我伟大的人格打动了你?"

　　周语菲打了他一拳,笑道:"别不要脸了,你没看出来吗? 那是我在抬举你。"

　　"好吧,"陈默装模作样地抱拳作了个揖,"谢谢姑奶奶抬举。"

　　周语菲咯咯笑出声来,然后说:"我不担心房子的事情。我爸妈只有我这么一个女儿,实在不行的话,结婚后你可以住到我家里来。"

　　"你的意思是让我去当上门女婿?"

　　"怎么? 你不想吗?"

　　陈默使劲摇了摇头,说:"不行,不行,想想要跟你爸妈住一块儿,天哪,还不如一刀杀了我。"

　　"那倒也是,其实我也不想跟他们一起住。但如果想结婚,暂时也没别的办法——"

　　这时,陈默打断说:"那我们应该找个机会,跟你爸妈好好聊聊。"

　　"那时候他们会认为我已经怀孕了。"她说。

陈默咧嘴笑了："我爸妈到时候也会这样认为。"

今晚他们看的是一部轻松浪漫的爱情片，两个人很开心。当他们走出电影院时，街上依旧很冷，但雪已经停了，几颗零零落落的小星星爬上了夜空。

周语菲一边依偎在他身上，一边往前走着说："结婚后，你会不会像电影里的那个坏蛋一样，先打我一顿，再去外面偷情？"

陈默故作惊讶地说："怎么可能呢？"

"我就知道你不敢。"周语菲看着他，笑了起来。

接着，他问："你要不要先吃些东西再回酒店？"

周语菲摇摇头，深情地望着他。如往常一样，此刻他被她那渴望爱情的迫切感深深触动了。他们俩就在寒风凛冽的大街上吻了起来。

吻过之后，周语菲面带微笑地望着他。

"我们回去吧！"她说。

陈默摇摇头："不，我现在还不想回去。"

"你还想去干什么？天这么冷。"

"跟你单独在一起，去散散步。"

"但是，陈默，我们整个晚上都要单独在一起的。"

陈默红了脸，说："我的意思是，单独在一起聊聊。"

"聊聊？"周语菲反问道。她认为，用散步聊天来消磨时光是一种奇怪的生活方式。

"是的,聊聊。"

"聊什么呢?"

"你跟我来。"说完,他拉着她的手,带着她跑到了广场中央的一片开阔地带。

"抬头看看,"陈默一边喘着气,一边仰起头来看着夜空,"你看到了什么?"

"星星呀。"周语菲上气不接下气地说。

"那些星星,你知道它们到底是些什么东西吗?"

"我不知道。你怎么会有这种想法?"周语菲大惑不解地看着他。

"小时候,每当天空布满星星,我都会忍不住去看。抬头仰望着夜空,看着那一点一点在闪烁的星光。我就觉得,人不知道的事情有那么多。世界有这么多的秘密,为什么人却被困在地表,没有办法知道真相。"

"那你还能怎么样呢?"

"我不能怎么样,但我总想去做点什么。"

周语菲对他微笑了一下,说:"你这个人真是的。你知道裴玲是怎么说你的吗?"

"裴玲是谁?"

"真是的,你连我最好的朋友都不记得?就是上次跟我们一起去宋城玩的那个。"

"哦,想起来了。"陈默说,"她怎么说的?"

"她把你比作一头犀牛。她说:'有些人就跟犀牛差不多,你不能教犀牛玩花样,而它们对于各种事情也没有正常的反应。'她还说,你就是那些犀牛中的一个。"

陈默笑了:"这个比喻倒挺有意思的。"

"陈默,"周语菲叫了他一声,接着说,"有时候我也觉得你有点——古怪。"

"我宁可当我自己,"陈默想了想,"当我这个讨人嫌的自己,不当别人,不管他们多么快活。"

"你这不是在自寻烦恼吗?开开心心地过日子多好,你说呢?"周语菲庄严地下了结论。

"可是有时候我会禁不住去想,这叫我感到好像——"陈默犹豫了一下,搜寻着话语来表达自己的意思,"更像是我自己了。你有这种感觉没有?"

"我没有。"周语菲转过身子,"我们回去吧。"

她在冲他微笑。尽管她眼里有一丝迷惑和焦急,却还希望以她微笑的魅力和冶艳打动他。

"你不喜欢这里吗?"

"这里太冷了,我都快被冻僵了,不信你摸摸我的手,冰冰凉!"

"你应该早点告诉我的。"陈默带着歉意说,"走吧,我们这就回去。"

"对了，我还有件事情想跟你说。"

"那就说呗。"

"过几天你来我家里一趟，好不好？"

"去你家里？"陈默有点惊讶。

周语菲说："我觉得是时候想想我们两个以后的事了。再说，我跟我爸妈提过你，他们也都想见见你。"

"但是——"

"但是什么？你自己不也在说要找个机会跟他们好好聊聊吗？"

"要是去你家，总得带点像样的礼品吧。"陈默有点尴尬地说，"可我卡里已经没钱了。"

"什么？前几天你不是还有两千多吗？"

"我刚买了一辆自行车，把钱都花光了。"

周语菲有点生气地说："你买这么贵的自行车干什么？"

"骑啊，你也知道，自从上一辆车丢了之后，我已经好久没骑车了。"

"陈默！有时候我都不知道到底该怎么说你。你要不是总爱胡思乱想的话，就会是一个有前途的人。多花点精力在赚钱和工作上，少做点自行车手的白日梦，不是更好吗？"

"我来到这世上又不是只为挣钱和工作。"陈默轻声说，"还记得去年我们一起骑车游龙井茶园吗？那次玩得多高兴啊！"

　　"现在不能跟那时候比了,要多考虑一下现实问题了。"周语菲严肃地看着他,"这样吧,我去买一些礼物,你把它们带到我们家,不就行了?"

　　"这怎么行?"陈默有些激动地说,"你让我的面子往哪儿搁!"

　　周语菲笑了,说:"跟我还讲什么面子不面子,你是个什么货色,难道我还不清楚吗? 就这么定了,下个周末去我家。"

第三章

　　一片片雪,就像一个个堕入凡间的天使,从空中飘落下来,能够落到每一个人的身上,能够让每一个人都感受得到。在城市的另一角,天幕拉开,寒气逼人,有些人在享受欢欣,有些人却在被寂寞熬煎。

　　工作占据了郑旻的大部分时间。每天早上,他沿着大楼之间的裂口匆匆走向自己的公司。他跟其他的职员混得很熟,跟他们一起在拥挤的中式快餐店里吃早饭。然后,他要拎着样品箱,去登门拜访不同的客户。

　　这天上午,老板派他去一家贸易公司。但他来早了。于是他坐在那里等着,时间流逝得格外缓慢。

　　过了好一会儿,郑旻看了一下手表,清了清嗓子,朝那个坐在前台后面的女人说:"你好,请问——"

　　那女人看了他一眼,问:"什么事?"

　　"现在已经十点三十五分了。"郑旻提醒她。

　　那女人扭头看了一眼挂在墙上的钟。"是,"她说,"我知道。"

"我约定的会面时间是十点。"郑旻说，同时脸上露出微笑。

"李总知道你来了。"女人用责备的口吻说。

于是他继续等。

十一点半，几个人从里面的办公室走了出来。他们有说有笑地交谈着。其中一个身材高大的男人，出来时瞥了郑旻一眼，然后，他跟另外那些人一起走了出去。他们的笑声一直到电梯间才消失。

已经十二点了。那女人打开一个抽屉，拿出食物，吃了起来。

"对不起，"郑旻说，"能不能麻烦你打个电话给李总，说我还在这里等他？"

她抬起头，无辜地看着他，仿佛很惊讶他居然还在这里。

"他在吃午饭。"她说。

郑旻恍然大悟，李总就是刚才那个出去的人。

"他什么时候回来？"

她一边吃着东西，一边漫不经心地说："今天他很忙，还要去见很多人。"

"那么，他回来后，还会见我吗？"

那女人看了郑旻一眼，又摸了一下鼻子，说："他不会回来了。"

"什么?"郑旻突然觉得自己很饿,这种饥饿感还在不断增强。

"李总今天不会回来了。"

"那我可以明天来吗?"

"你必须打电话再约。"

"我明白了。"郑旻露出微笑。然后,他拿起样品箱,下了楼,来到大街上。

天空中飘着冰冷刺骨的冬日雨雪。身边车水马龙,他突然觉得自己疲倦极了。样品箱实在太沉重了,过马路的时候,他只好小心地拖着它,走上那座熟视无睹的天桥。

下了天桥,他突然听到一阵抽泣声。

是一个女人,而他只是漠然地瞟了那女人一眼。正准备离去时,他却停下了脚步。

他走到那女人跟前,用一种很不自然的语气问道:"林可妍?"

女人抬起头,没有说话,但眼神里流露出自然的疑惑与惊讶。

这下两人目光相交接,郑旻却把眼神游移到了别处:"你——你不记得我了吧——"

林可妍掏出一张纸巾擦了擦眼泪,说:"我当然记得。郑旻,是不是?"

"是啊,你这是——怎么了?"

她努力挤出一个苦涩的笑容,说:"没事,没事。"

"还没事?长城都快被你给哭倒了。"

她笑出声来——笑声里依旧带着一丝哽咽。她还在坚持自己的观点:"是真的,你看,我现在不是不哭了吗?"

郑旻也笑了,说:"好多年不见,你没变。"

"没变?我以前是什么样子的?"

"跟现在一样,漂亮。"郑旻用有些异样的眼光看着她。

林可妍又笑笑,说:"是吗?"

"是的——对了,你手机号是多少?"

"把你手机给我。"

郑旻小心地把手机递了过去,林可妍在上面按出了一串数字。

然后,郑旻说:"我打给你一下。"

过了一会儿,响起一阵铃声。林可妍拿出手机,拒接了这个来电之后,说:"这就是你现在的号码?"

"对。"

沉默了一阵子,林可妍又说:"我觉得你的脸色不是很好。工作很忙吗?"

"昨天晚上我只睡了五个钟头。"郑旻说,"在这之前,我连续工作了十二个小时。"

"那你一定赚了不少钱。"

郑旻露出惨淡的一笑,说:"并不多。昨天下午,我约了个人在咖啡馆谈生意。谈了一会儿，他说要去洗手间，然后就再也没回来。生意没了，我还得自己付几十块的饮料钱。我今天也不得不浪费时间等着会见一个根本不想见我的人。我的老板恨我。已经快三个月了，我除了浪费钱之外一事无成，什么也没卖出去。"

"你卖什么东西？"

"一些旅游纪念品。"郑旻拍了拍他手上的箱子，"都是不值钱的小玩意儿，一堆便宜又难看的垃圾——对了，我还没问过你，你有跟像我这样无关紧要的人闲聊的时间吗？"

"有啊，有啊，当然有。"女人一边忙着擦拭眼角，一边笑着说。

"那就不要在这儿傻站着了，现在正好是午饭时间，我请你吃个饭？"

"好的，真是麻烦你了。"

在一家装潢还不错的餐厅里，两人坐在了一起。

林可妍有些不自然地说："真抱歉，让你见笑了。"

郑旻说："哪里哪里，我高兴还来不及，想不到会在这里遇见你。"

"是啊，真是想不到。"

"最近过得怎么样？"

"我要说很好，你信吗？"林可妍的嘴角带着自嘲的笑意。

"你还记得我们一起上学那会儿吗?"郑旻故意转移了话题。

"当然,"林可妍打断他,"那时候的日子真开心,简简单单的。"

"你刚才——是怎么回事?"

"没事,就是觉得有些不舒服。"

郑旻盯着她,说:"那就去好好休息一下。"

她若有所思地拿起面前的杯子,喝着里面的啤酒,等到快喝干的时候才开口说:"是啊,我是得好好休息一下了。可我不想回去。"

"为什么?"

"我跟他刚吵过架。"

"吵架? 跟谁?"

"我老公。"

听她这么一说,郑旻心中不禁一凛——"我老公",她已经结婚了。

"怎么会吵起来的?"

"刚才……"她说了这两个字后,猛地停了下来。

郑旻盯着她,说:"没关系,你可以说给我听。"

"刚才,我跟他一起去逛商场,正好碰到化妆品搞促销,营业员很热情,叫住我,给我介绍一款法国牌子的口红。口红涂在嘴唇上,气色一下子就好了很多,而且最大的优点是不褪色、不沾杯……"

说到这里,她停下来看了看他,而他给了她一个接着说下去的眼神。

"他看出了我的心思,掏出皮夹问价钱,那柜员说,活动期间八折销售,三百八十八块。他手突然就停下来,还看了我一眼,我心里马上就有一种受伤的感觉——"

她说到这里,一幅画面浮现在郑旻眼前:她转身挤出人群,一个男人在后面追她。她和他发生了一次伤害彼此自尊心的争吵。一支口红,让她觉得他们之间的感情走进了一条死胡同。

他突然说:"为一支口红伤了感情,有点不值得。"

林可妍有些古怪地看了看他,又端起杯子猛喝一口,说:"也许吧!我是做外贸工作的,经常参加各种会。有一次洽谈会,当我拿起纸杯喝了一口茶时,一个鲜红的唇印留在了杯沿上,我觉得很不好意思,就把沾了口红的那一面转向自己,生怕被别人看见。但这一幕还是被另一方的女秘书发现了。招待宴后,我在洗手间里碰见了那个女秘书,她说,'你口红的颜色很漂亮,只可惜印在杯子上不太雅观。我们做员工的,代表的是一个公司的形象,不可以用那些廉价口红。'在她转身出去的时候,我关上门,哭了出来。"

听完这些,郑旻说:"两个人相处,是不是应该多去沟通才行?"

　　林可妍沉默了一会儿,说:"沟通! 跟他沟通是我犯过的最大错误,"她突然精神抖擞地大声说,"我知道他配不上我。大家都跟我说,'可妍,那个人比你差远了。'"

　　"那你为什么还要嫁给他呢?"

　　林可妍考虑了一会儿,最后说:"我嫁给了他,是因为我觉得他是个值得依靠的男人,想不到他连舔我的鞋都不配。"

　　"可你们毕竟还是相爱的,对不对?"

　　"相爱?"林可妍面色发红,不相信地喊道,"谁说的? 我从来没爱过他。跟他一结婚,我就知道我错了。"

　　郑旻久久无语。过了一会儿,他说:"你有些醉了。"

　　"醉了?"林可妍苦涩地一笑,"你也太小看我了,才喝了那么一点酒,我怎么可能醉。"

　　"那现在开始吃饭,不要再喝酒了。"

　　"好,好,听你的。"林可妍冲他笑了笑。

　　从餐厅里出来,郑旻说:"我送你回家吧?"

　　"想都别想,"林可妍决绝地说,"我不想再见到他了,看到他那张脸,我就想吐。"

　　"别说气话了,你不回家,能去哪儿?"

　　"喏,"林可妍抬手指了指街对面的一家快捷酒店,"今天我就住这儿。"

　　郑旻无可奈何地说:"那走吧,我送你过去。"

于是他们去了那家酒店。林可妍要了一间房,两人一起来到房间门口。她刷了房卡,打开了房门。

"那你好好休息吧,我走了。"说完,郑旻转身就要离去。

然而就在这时候,他觉得自己的一只手被一股轻巧的力量抓住了。

是林可妍伸出手来,握住了他的手。

"你先别走,再来陪我一会儿吧。"她用略显无辜的可怜目光看着他。

郑旻蓦地缩回了手,并用异样的眼光看了她一眼。

接着,他用有些发抖的声音回答:"我还有事。"

"很急吗?"

"嗯,是急事。"

"那好吧,再见。"

"再见。"

接着,郑旻就离开了。走出酒店的时候,他才长出了一口气,觉得自己那颗一直悬着的心总算落了地。

第四章

这天,陈默终于来到了周语菲的家中。

现在,他正跟周语菲坐在一起,陪她爸妈吃饭。

"小陈,"周语菲的爸爸周军看着他,"你是做什么工作的啊?"

陈默回答:"在一家出版公司做图书编辑。"

"哦,我想起来了,我女儿以前好像跟我说过,不过我给忘了。"周军又看了陈默一眼,而陈默则回了他一个不太自然的笑。

"具体是做什么的?"周军接着问。

"简单地说,一本书从最初的选题策划到最终的印刷,中间所有的流程都是我们这些编辑在负责的。"

"真够深奥的,我是搞不懂。那之后你就打算在这行发展下去了吗?"

"嗯,我觉得我还挺喜欢这份工作的。"

"陈默也是一直这么跟我说的。"这个时候,周语菲微笑着插了一句。

但周军只是用眼睛瞥了她一眼，没有搭话。"编辑，"他沉吟道，"倒也是个不错的职业。不过现在你们的收入也不算高，在这个城市里生活，压力也不小。"

陈默有点尴尬地笑笑："这也是没办法的事儿。"

周语菲的妈妈突然问道："小陈，你是哪里人啊？"

"绍兴上虞的。"

"那离杭州倒也不远。爸妈是做什么的？"

"以前是种地的农民，现在都在工厂里做工。"

"准备在杭州买房吗？"

"买房？暂时还买不起。等再过两年——"

周军有些不悦地看了看他老婆，仿佛在责怪她的露骨。"寒门出贵子，果然不假。年轻人只要有志气、肯奋斗，等过上几年，什么房子啊车子啊自然都会有的，你说对不对？"

陈默轻声说："对，对。"

这时，从卧室里传来了一阵电话铃声，周语菲妈妈站起身，跑过去接了。

过了一会儿，她走出来，又坐回到位子上。

"谁的电话？"周军问。

"我姐姐打来的。现在她人在海南，今年不能回来过春节了。"

"怎么回不来了？"

"还不是生意上的事情,她在海口开了个水果批发市场,现在正是忙的时候。"周语菲妈妈面带骄傲地说,"她说她最近每天都要忙到夜里十点多,你敢想她这种年纪的人干劲儿还这么足吗?"

"我姨是很厉害。"周语菲说。

周军道:"我倒觉得没什么,她就是劳碌命。"

"你当然觉得没什么了,因为她一个月挣的钱比你一年挣的都多好几倍。她在温州和杭州都有店面,现在又开到了海南。"

"开得真好,现在她总算跑到天涯海角去了,眼不见心不烦。"

"你的意思是说,你不想再见到她了?"

"是你自己这么想的,我可没这么说。"

周语菲说:"你们俩不要每次一吃饭就说起这件事情好不好?"

她妈妈并不理会她的阻止,愤愤然地继续说:"要是没我姐帮忙,我们能买得起这套房子吗?在最需要钱的时候,是谁借给我们的?她现在有几千万的财产,打交道的都是上层社会的人,可她从没有忘记自己的家人。"

"妈!别说了。"周语菲嗔怪地说。

"你让我说完。小陈,你也听一听,等以后你有了自己的家庭,有一点也要记住:说到底,你一生里唯一能够依赖的就只有你的家人,不要忘了这一点。"

"好的,我知道了。"陈默依旧轻声地回答。

从周语菲家中走出来,陈默觉得心乱如麻。外面的街道,灯光如豆,他与周语菲一起漫步在这条小巷中,走了很久,彼此都没说一句话。

"我爸妈平时就是这样的,你也别往心里去。"周语菲忍不住说道。

"你想到哪儿去了?"陈默对周语菲笑笑,"不会的。"

"你觉得他们对你的印象怎么样?"

"应该不是很好,我想。"

"没关系,以后慢慢就会习惯的。人跟人相处,都需要一段适应过程。"

"是啊,你说得没错。"

这时,两人已经穿过马路,来到了对面的一个公交车站。

"我只能送你到这里了,来,抱抱我!"她一边说着,一边张开了双臂。

他不由自主地抱了她一下,然后,两人就分开了。

夜色已浓。天空中又飘起了冰冷刺骨的雨夹雪。陈默凝视着眼前这条寒冷的、长长的街道。眼前闪着灯光的车流,仿佛是一条在夜间蜿蜒游动的龙,让他入迷,让他晕眩。

过了一会儿,一辆破旧的公交车发出刺耳的"嘎吱"声,停在了他身边。

他挤扛着钻进车里。然后，车子开动了，离开路边，汇入车流。他在车厢的后半部分找到了一个座位，坐了下去。

城市中，华灯已上，流光溢彩。他茫然注视着车窗外那飞速掠过的萧索树木与点点灯光，心里明白，虽然这城中人多得数不清，却几乎没有一个人能够理解他，理解他的真正感受，哪怕是周语菲也不能。

窗玻璃上映出了自己那张毫无表情的脸，跟个僵尸似的。不知为什么，他居然想起了郑旻，想起了他的书稿里有这样一段话：

> 冲动受到阻碍，就会放肆地横流。那放肆横流的是感觉，是激情，甚至是疯狂。究竟是什么？这决定于水流的力量和障碍的强度。没受到阻碍的水流沿着既定的渠道，平和地流入静谧的幸福。人饿了就吃饭，一日三次。小孩子哭了，大人立刻把糖拿来。感情就在欲望与满足的间歇里隐藏。

在他脑海里，这段话如电影旁白一般，再配上低沉的音乐，与眼前的景象相互纠缠、交织，恰如其分地诠释着他此时的心情。郑旻，郑旻，郑旻！陈默暗自念着这名字，心中忽地涌出一股莫名的酸楚。但是，这个独狼似的老同学究竟有什么样的故事，又跟自己有什么相干？眼下，更需要做的是另一件事——去找郑旻，跟他聊聊自己对这部书稿的意见。他觉得自己有必要帮帮郑旻——帮他打破幻想，认清现实。

第五章

　　在见郑旻之前，陈默在心里翻来覆去地掂量了一番。拒绝别人，他不擅长，所以他事先想好了一些话。然而等两人在出版大厦楼下的一家咖啡店里真正碰面时，陈默还是不知道该从何说起。

　　郑旻就坐在对面，看起来毫无生气，黯然得几乎让人说不出一句话。陈默不禁有些诧异：像这样一个人，怎么会想到去写东西？

　　"你给我的稿子，我看过了。"陈默终于说。

　　"你觉得咋样？"郑旻有些不自然地笑了一下。

　　"不错，很不错，你该为自己骄傲。"

　　"真的吗？谢谢，谢谢你的赞赏。"郑旻脸上看上去有了些光彩，"这稿子是我很用心写的。"

　　"看得出来。老同学，你的作品非常真诚，我很佩服。"

　　"是吗？你过奖了，太过奖了。"郑旻微笑着喃喃道。

　　"但不幸的是——"陈默看了他一眼，才又说，"整个出版业并不尽如人意,我不知道该怎么出版这样的书。"

郑旻一下子愣住了。

而陈默马上接着说:"老同学,恕我直说,没人会买这样的书,知道为什么吗?"

"为什么?"

"不是因为你写得不好,而是因为你没名气。这本书卖不出去的。对任何一个作家来说,要在白手起家的情况下出版自己的书都很困难,而且——而且我觉得这本书有相当强的私密性。"

"私密性?什么意思?"

"它很美,很精妙,就像一件艺术品——"

"所以我最好把它塞到某个角落,然后忘记这回事,对吗?"郑旻不由得打断道,眼里刚刚升腾起来的希望之光又黯淡下去,"我花了很长时间来写这本书……"

"我知道你很用心,也很不容易,我也是在试着把实话告诉你,试着告诉你当下出版业的现状。如果我不相信你的才能,我也不会把你请到这里了。你可以先把它发到网络上,这样能积累一些读者。"

"好,我会的。还是要谢谢你,如果没其他事,我先走了。"此时,郑旻站起身来,又恢复了最初那种无精打采的淡漠神情。

"等一下——要不这样吧,我想办法把你的稿子给我们老总,看看他怎么说,可以吗?"

"可以。"

"不过——我想说的是,你不必抱太大希望,要做好被退稿的准备。"

"我明白。"郑旻生硬地回答。

"那就好,再见。"

"再见。"

然而郑旻走出几步,却又转回身来,踌躇了一会儿,才说:"对了,我有件事想问问你。"

"什么事?"

"你还记得林可妍吗?"

"当然记得。"

"你跟她还有联系吗?"

"不怎么联系了,跟她最近一次见面,还是在她的婚礼上。想想都是三年以前的事情了,怎么了?"

"没什么,"郑旻轻描淡写地说,"我前几天碰到她了,所以问问。"

"哦,现在她怎么样?"

"不太好。我遇到她的时候,她正在哭。"

"哭?"陈默很惊讶,"为什么哭?"

"她说是因为刚跟老公吵过架。"

"吵架?小两口吵吵架拌拌嘴也是难免的嘛。"

郑旻有些阴沉地瞥了他一眼,说:"我觉得没那么简单,他们俩好像出了大问题。"

"是吗?"陈默故作不经意地笑了笑,笑中难掩嘲讽的意味,"那又能怎么样?"

一丝不悦闪过郑旻的脸,但他仍不动声色地说:"当然不能怎么样。都这么多年过去了,你认为我对她还会有什么想法吗? 那我告诉你,你想错了。"

这下,陈默倒有点惭愧了:"我没那样的意思。我是说,他俩要是出现什么问题,我也不会觉得奇怪。"

"为什么?"

"他俩年龄差距有点大,看起来根本就不般配嘛。要不是那男人家里有几个钱,你觉得林可妍会嫁给他吗?"

"这我可说不准。"郑旻没发表任何评论,"她老公是个什么样的人?"

"我去参加过他们的婚礼。"陈默回忆道,"这人挺会跟人打交道的。整个晚上,他都周旋在人群里,不停地劝酒、说笑。看得出来,那时候他对林可妍非常满意。他很爱她,他的眼睛几乎一刻也舍不得从她身上离开。"

"照你这样说,他们俩应该感情很好才对啊。"

而陈默却有点不屑地耸耸肩,打开了话匣子:"周语菲你还记得吧——"

"记得。"

"她现在是我女朋友。林可妍结婚那会儿,她去做了伴娘。后来她跟我说了一件事情。"

"什么事情?"

陈默咽了一口唾沫,才又说:"在婚礼前一天晚上,她走进林可妍的屋子,发现她正躺在床上,喝得烂醉。我女朋友吓坏了。她说,她从没见过一个女人醉成这副德行。后来,林可妍在床头柜里乱摸了一会儿,掏出了一枚戒指,递给了我女朋友。她哭着说,'把这个拿走,是谁的东西就还给谁。告诉他一声,我不嫁了,不嫁了!'"

"后来怎么样了?"郑旻问。

"后来这场风波就过去了。第二天下午五点半,我去参加了她的婚礼。她整个晚上都在微笑,没事人似的跟她老公结了婚,看不出来有一丝不情愿。然后,她就动身去马尔代夫度蜜月了。"

一阵沉默。

过了一会儿,郑旻才有些迟钝地问道:"没了?"

"我知道的就这么多。"

"好的,谢谢。"郑旻冲他摆摆手,"我还有事,就不打扰了,再见。"

"好,再见。"

第六章

这天是个周六。清晨，天蒙蒙亮，郑旻就习惯性地醒来了。

后来，太阳慢慢地爬上了天空，他正准备起床，一阵急促的手机铃声却突然响起。他疑惑地按下接听键——从来没有人在这个时候给他打过电话。

那端传来了林可妍的声音："喂，是郑旻吗？"

他吃了一惊："是你？"

那头传来一声轻笑："对，是我，怎么了？"

"我没想到你会打电话给我。"

"你不想让我打电话给你吗？"

"没有，没有。"郑旻赶紧否认，语调有点慌乱。

林可妍似乎更高兴了："你脸红了，是不是？我知道你害羞的时候是什么样子，以前你给我送情书时就见过。"

"好了，"郑旻打断道，"你有什么事吗？"

"今天晚上陪我去看张建的演唱会，好不好？"

"张建是谁?"

"天哪,你生活在什么样的世界里呀!他是现在最当红的歌手,你居然不知道?"

"我很少听歌的。你不会让你老公陪你去吗?"

"让他陪我去看演唱会?天哪,那还不如杀了我。"

"你跟他的关系真有那么糟糕吗?"

"不,不,"那头的林可妍稍微顿了一下,才又笑道,"你不了解他这个人。他是个十足的商人,一点儿文艺修养都没有。他一直在公司干事儿,骨子里是个小市民。要他陪我去的话,我一定会觉得很厌烦的。"

"是吗?你这么一说,我倒更想见见他了。"

"你真愿意见他吗?"林可妍有些古怪地说,"他现在出差去了。等哪天他回来了,我请你来吃晚饭,这样你就能见到他了。但我把话说在前头,你可是自愿冒这个风险的;如果那天晚上你过得很没劲,可千万不要怨我——好了,说了这么多,你不会是打算拒绝我吧?"

郑旻沉默了一会儿,然后说:"没有。"

"那好,晚八点,市体育场见。"

晚上,不到七点,郑旻就来到了体育场外面,从"黄牛"手里买了两张演唱会的门票,等着林可妍到来。

此时,天已经完全黑了下来,广场附近挤满了出租车,热闹非凡。他突然觉得心中涌进一种莫名的怅惘。出租车在路口暂停的时候,车里边的人身子偎在一起,说话的声音传了出来。然后是一阵欢笑,点燃的香烟在里面造成一个个模糊的光圈。时间仿佛过得格外缓慢。

快到八点钟的时候,林可妍终于来了。

他被她那露骨性感的打扮吓了一跳。不过他强迫自己镇定了一下,说:"你这人有点不靠谱啊,我都等你一个多小时了。"

林可妍抱歉地笑笑:"今晚的路上堵得要死,我能现在来,已经不错了。"

"我们进场吧,马上要开演了。"

"票你买好了?"

郑旻对她扬了扬自己手中的两张票,说:"是的。"

林可妍用赞赏的温柔目光看了他一眼,说:"想不到你这么贴心。"

"谢谢夸奖,快走吧。"

演唱会结束后,从体育场出来,已是深夜十一点多了。冷风吹得人直打冷战,但林可妍却依旧兴奋得满脸通红。

"今晚玩得真开心。"她说。

"是的。"他含含糊糊地说。

"哎,你不觉得开心吗?"她用那双闪耀着光芒的眼睛盯着他。

"开心,很开心。"可郑旻唯一能够想起的却是她那画得很重的眉毛。

这时,林可妍招手拦了一辆出租车。两人坐进去之后,司机问道:"去哪里?"

郑旻也茫然了,就问林可妍:"你要去哪里?"

林可妍冲他笑笑,说:"去你家。"

郑旻的脸不自然地抽动了一下:"去我家?"

"对,去你家。"

"你确定吗?"

"我确定。"

当两人一起走进郑旻的房间时,气氛就变了。

有半分钟之久,一点声音也没有。终于,林可妍说:"又见到你,我真的很高兴。"

郑旻的脸也涨得通红,像被热带的太阳晒过一样。

"我们已经四年没见了。"他总算说出了这样一句话。

"四年,你倒是记得很清楚。"

"嗯,我时不时地会想起你。"

"我还没忘了,刚上大学那会儿,你追了我整整一年。"

郑旻笑了笑,说:"我还一直想问你,你为什么没答应。"

这时,林可妍突然用双手搭住了他的肩膀:"因为那时候追我的人很多，我还领会不到你的好。"

郑旻慌乱地往后退："别这样。"

她盯着他，突然笑起来："我很可怕吗？"

"没——没有。"

"那就靠过来一些。以前你喜欢我那么久，为了这个，我得亲你一下！"说完，她将自己的双唇、白皙的脖颈和娇挺的双乳凑到他面前。

顿时，郑旻觉得一股无法抑制的冲动涌遍全身。他盯了她一会儿，终于抱住了她。

他犹豫着吻向她的嘴唇。触碰发生了，就如同通了电一般，他浑身酥麻，却又充满力量。他把她的头往后扳，然后吻着她的脖子和胸部。

火苗一旦燃起，熊熊大火就随之而来。一开始她非常顺从，身体似乎柔弱无骨，然后她稍稍地挣扎了一下，一边笑着一边轻推着他。

"不要，不要，"她说，"这样不可以。"

他没有理会，把她往床边拖。

她虽然嘴里还在说，却温顺地跟了过来。他一只手摸索着，去解她的衣服。

"停下，快停下！"林可妍说，"不行，听着，这样不行，现在不行。你没戴安全套，要是现在跟你上床，麻烦就大了。"

可他没法放开她，她的抵抗让他更兴奋了。他的脸紧紧地贴在她柔软的、满是香汗的胸脯上。

接着,他总算扒光了他们两个人的衣服。他强烈的性欲冲动中还夹杂着一股莫名的压抑和愤恨。他一下子冲进了她的身体,快速抽动了几下,就一泻如注了。

激情冷却之后,林可妍用被子盖住裸露着的乳房,把头枕在合拢的双手上,说:"你们男人果然是用下半身思考的动物,你有没有想过后果?"

郑旻看着她,说:"什么后果?"

"要是我怀孕了怎么办?"

"你怀孕了,就跟你老公离婚,我来养你。"

林可妍突然大笑了起来,仿佛听到了一件极其好笑的事情:"得了吧,你只是随便说说的,对不对?"

"也许是真话呢?"

"我不相信——好了,不说这个了。你说说,你当初是怎么喜欢上我的?"

"算了,都什么年代的事情了。"

"说说嘛,我想听。"

"好吧。"郑旻依从了,"有一个场景,我一直记得很清楚。有一次上自习,整个教室就剩下我们两个人。我跟你就这样一前一后坐在教室的座位上。我们没有搭话。后来,我觉得实在太无聊了,就趴在桌上假装睡觉。然后,你突然递过来一只耳塞,问我要不要听歌,我吓了一大跳,赶紧伸手接过去。但是耳机线太短。这时你站起来,走到我旁边坐下来。这样以来线刚好够长。我把耳塞放进耳朵,扭头看到了你的脸,还听见了你的呼吸——从那时起,我就喜欢上了你。"

林可妍陶醉地听着,这时她说:"很美的故事,也很吸引人。"

"这只不过是我的真实感受罢了。"

"那现在呢,我在你眼里是不是变成了一个荡妇?"

"不,"郑旻情真意切地摇摇头,"现在我觉得就跟做梦一样。"

林可妍再次搂住了他:"我知道,我知道。对了——"

然后,她下了床,从自己的手提袋里掏出一叠钱来,放到了桌子上,说:"这是演唱会的票钱。"

郑旻有些惊讶地看着她,说:"算了,我请你好了。"

"干吗跟我这么客气。再说,我要是不把钱给你,心里会不舒服。"

"不舒服? 为什么?"

林可妍对他笑笑,说:"这让我觉得自己像个妓女。"

郑旻也笑了:"怎么会呢? 你想多了。"

这时,她冲他说:"哎,我觉得……"话说了一半,她却突然又打住了。

"嗯? 你想说什么?"

"算了算了。"

"干吗又不说了？说吧，我很想听听。"

林可妍用逗趣的语气说："我总觉得你心里像是藏着什么不开心的事情，说出来，让我开心一下。"

"是吗？你从哪儿看出来的？"

"只是我自己的感觉罢了。"

郑旻轻轻地摆了摆手："但我不想说。"

"为什么？"

"因为没有人能理解我说的东西，他们也不想理解。"

"没试过怎么就知道呢？"

"我试过，"郑旻有些苦涩地笑了笑，"试过很多次。不过，我到处碰壁，到处都是墙。"

"我想我多少知道你的一些感受。那些墙都是人修建的。需要经历一些事情之后，你才能知道怎么打败他们，找到突破口。"

"我倒没想到这些。我只是觉得，或许我的命就是这样的。"

"哦，可怜的小人儿，"林可妍带着怜悯的表情，又爬到了床上搂住了郑旻，"你那沮丧的小样儿叫我心疼。别难过，别难过，要坚持下去，要对自己有信心。"

郑旻没有答话，只是充满爱意地看着她。接着，他们彼此搂着，默默地坐了很长时间。冬日虽然寒冷，但屋子里开了空调,她的两颊给烘得通红。她不时移动一下,他也微微挪动一下胳膊,有一次他还吻吻她那乌黑光亮的头发。此时,他们已经平静下来,仿佛为了在他们记忆中留下一个深刻的印象,为即将开始的长远的分离做好准备。

第七章

这天,陈默来到徐泽洋家中吃午饭。

像往常一样,陈默站在厨房里,一边看徐泽洋一个人忙活,一边跟他有一搭没一搭地聊天。

眼下,徐泽洋正拿着菜刀切一块猪肉。他看了陈默一眼,说:"看你一副垂头丧气的样子,出什么事了?跟你女人吵架了?"

陈默勉强笑了笑,说:"没有。"

"前两天你不是到她家里去了吗?是不是在未来岳父岳母面前出丑了?"

陈默瞥了他一眼,没有回答。

徐泽洋笑道:"还真被我猜对了。"

"你怎么知道你猜对了?"

"你那点儿小心思,我还不明白?"

陈默沉吟了一会儿,说:"好吧,我觉得我入错行了。我想去做些别的事情。"

"去做什么？"

"无所谓。搬运工、快递员、超市理货员，只要远离这里就行。"

"怎么才能离开这里？"

"我不知道——暂时还不知道。跟周语菲相处得越久，我就越觉得不对劲，但我又不清楚到底哪里不对劲。"

"我清楚。"徐泽洋说。

陈默吃了一惊，转过身来，说："你清楚？"

"是啊，我清楚。这个城市是有钱人的天堂。而像我们这些人，即使是老一辈人，来到这里以后，也觉得跟家乡离得太远。"

"我只想要一份安定的生活罢了。"陈默叹了一口气。

"这个对你来说有点难。"

"为什么？"陈默好奇地问。

"因为你长了一颗不安分的心。"徐泽洋瞥了他一眼，顺便把切好的猪肉倒进了滚烫的油锅里。

"刺"的一声，空气中顿时弥漫着一股刺鼻的油烟，呛得陈默直冒眼泪。

他有些不自然地笑笑，反驳说："我哪里不安分了？"

"你要是安分，那就赶紧跟周语菲结婚啊。"徐泽洋用略带挑衅意味的语气说，"你敢吗？"

陈默不说话了。

徐泽洋笑了，说："这年头，待嫁的小姑娘们都要这要那的，像她这样没那么多要求的可真找不到几个了，再不把生米煮成熟饭，等她跟别人跑了，你后悔都来不及。"

"可是我——"

"可是什么？难道你不喜欢她吗？"

"喜欢。"

"那不就结了？你喜欢她，她喜欢你，两相情愿的事儿。快点去领证，今年内我吃你的喜糖。"

陈默沉吟了一会儿，苦笑道："没那么简单。她爸妈不一定会同意。"

"怕什么？跟你结婚的又不是她爹妈。"

"但我总觉得有点别扭——"

"唉，男人嘛，关键时刻要拿出点魄力。要我说，你这人最大的毛病就是太纠结。没准儿是平时那些伤春悲秋的小说读得太多了，所以才会变成这副德行。"

陈默微微笑了一下，喃喃道："也许吧。"

"好了，"徐泽洋把炒好的青椒肉丝倒进了盘子里，"你把这个菜端出去，我们开饭了。"

一来到客厅，徐泽洋就大声喊道："刘静，出来吃饭了！"

过了一会儿，徐泽洋的老婆刘静穿着一套粉红色的家居服从卧室里走了出来。

"真是的，我都木了！"她抱怨道，"我在床上躺了不知道多久了。"

徐泽洋摸了摸她已经鼓起来老高的肚子,说:"为了咱家小晨晨,你下午还得接着去躺。"

刘静一边坐下来,一边嘟囔着抱怨道:"哎呀,人家下午想洗澡嘛!"

"那我待会儿把空调和热水器都打开,你千万要小心,不要摔倒了。"

"知道了知道了!"刘静不耐烦地说,"你要说多少遍才罢休。"

徐泽洋看着刘静,说:"你没听医生说吗,现在是保胎的关键时期,万事都得小心。"

"别盯着我看,"她回嘴说,"这是我的报应,嫁给你这么个爱唠叨的男人,一个又大又笨的男人。"

"我讨厌'笨'这个字。"徐泽洋气呼呼地抗议道。

"就是笨。"刘静又挑衅地说。

"你们让我觉得自己跟空气一样,"陈默笑道,"就不能谈点儿别的什么吗?"

"跟你们两个男人有什么好说的!"

"大姐,"陈默挤出一副笑脸,讨好道,"下午我想跟大哥出去一下,行吗?"

"出去干吗? 不行! 他要留下来陪我。"

"不会很久的,就两个小时。"

"我知道你们想去干什么,又去倒腾那两辆破自行车,是不是？花了那么多钱买车都没跟我商量,这笔账我还没跟他算呢！再说下午我要洗澡,没人在身边怎么行？"

"那等你洗完澡了我们再走,可以吗？回来给你带巧克力,行不？"

"这还差不多,我批准了。"

这天阳光普照,路面的积雪已经融化,只是阴沟边还有一堆堆肮脏的雪。陈默与徐泽洋骑着自行车沿着宽阔、整洁的大街轻捷地向前奔驰。

市中心大厦林立,高悬的幕墙玻璃泻下液体般的光亮。这座由钢筋混凝土构筑起来的城市,在其沉重的外表下隐藏着某种如流体般变幻的东西。徐泽洋哼着歌,快活地向前骑着。陈默觉得,眼前的徐泽洋,是一个壮实的人,有血有肉的人,但同时也隐约觉得他有点朦胧、有点虚幻。

骑到苏堤的时候,两人放好了自行车,坐在一条长椅上休息。

陈默说:"要是我们能骑车去一趟川藏该多好。"

"去那里干什么？"

"看看不一样的景色啊,那里有耸立在冰川上的雪山。"

"你真计划要去的话,千万不要来硬拉我。"

陈默对徐泽洋笑了笑,说:"放心,我知道,我去内蒙就没叫你。"

"你去过内蒙了？什么时候？"

"就在前段时间我休年假的时候。"

"跟谁一起去的？"

陈默想了一下，说："我们一行六人，都是年轻小伙子。我来自杭州，一个来自苏州，还有四个朋友来自上海。旅行没有特定目的。我就想亲眼见一见大草原。"

徐泽洋叹了一口气，说："我这辈子怕是没机会见到了。"

"其实也就那么回事儿。再说，你都是要当爸爸的人了，如果还像我这样到处乱跑，大姐不弄死你才怪。"

"是的。我不像你，我是个容易满足的人。"

"你也该知足了，老婆、孩子、热炕头马上就齐全了，还不够你嘚瑟的？"

"我离知足还远着呢。"

"那你还想要什么？趁着元旦还没过，许个新年愿望，看看来年能不能实现。"

"等到明年年底的时候，我想攒够买车的首付。"

陈默露出不解的神色，说："房子都还没买呢，那么着急买车做什么？"

"再过一阵子小晨晨就出生了，有部车的话，我们一家三口回老家会方便一些。"徐泽洋转头看了陈默一眼，"你的愿望呢，是什么？"

陈默入神地看着一只只在碧波荡漾的湖面上行进的皮划艇,说:"我明年的愿望,就是能划着这样的船在西湖里玩玩。"

"神经!这算什么愿望?我是说认真的。"

陈默举起双手,伸了个懒腰,眼睛眯成一条缝,缓缓地说:"你有过这种感觉没有?就好像你身体里有什么东西,一直等着你给它机会宣泄。某种过剩的精力,你不会使用的精力——就像所有的水都流成了瀑布,却没有水坝去改造利用它们,你有过这种感觉没有?"

"你在说什么,我不是很懂。你觉得很压抑吗?"

陈默摇摇头,眼神迷离地看着湖对面那一片朦胧的高楼,说:"不完全是。我想我有时候产生的是一种奇怪的感觉,一种我有重要的话想说、也有力量说的感觉——可我却不知道那是什么感觉,那力量也使不出来。"

"你有这种想去改变的念头,就是好的。"

"哦,行得通的话倒还好,"陈默无奈地摆了一下手,"可是我的想法不大行得通。在一定程度上我的想法并不重要,因为我觉得我可以做的事要重要得多。是的,是那些我更迫切地想去做的事。可那是什么事?我是说,一种生活理念能像一道 X 光,使用得当能穿透一切。你一想起来就被穿透了。那是我努力想要学会的东西——怎样才能生活得更轰轰烈烈一些。可是整天生活在对房子、车子和钞票的渴望中又有什么意思！而且,那些玩意儿能够真像最强烈的 X 射线吗？我的意思归根到底就是这样……"

"小声点！"徐泽洋低声对陈默说,"别太激动,别人都在看你呢！"

"不好意思,"陈默满脸尴尬地说,"我是想太多了。"

接着,他用手抠了抠眼角,有些伤感地叹了一口气,不再说话了。他不准备为自己辩解。因为他知道即便自己再辩解,徐泽洋还是不会懂。"你要是知道我感受到的压力就好了。"他看着徐泽洋,有一种自怜如泉水一样从心底汹涌而出,"你要是知道就好了！"

第八章

这天下午将近六点钟,郑旻从公司一走出来,就听见面前一辆汽车的喇叭发出一阵悦耳的声音。

接着,林可妍从车窗中探出头来:"嗨!这位帅哥,今天有空吗?一起去吃晚饭啊。"

郑旻有点惊讶地说:"你怎么会在这里?"

"想你了,就来找你,不行吗?"林可妍微笑着对他招了招手,"快上来,我要开车了。"

郑旻走过去,打开奶油色的车门,坐到了副驾驶位置上。汽车发动了,融进了路上的车流中。

林可妍瞧出郑旻在用赞赏的目光打量着她的汽车。

"新款的 mini cooper,很漂亮,是不是?"她得意地说。

"相当漂亮,这是谁的车?"

"我的啊。"

"你的?"郑旻更加惊讶,"多少钱买的?"

"二十八万呢。"

"你从哪里搞来这么多钱？哦，我明白了，你肯定是傍上哪个大款了。"

"去你的！你这人思想怎么这么不纯洁，这是我老公买给我的。"

郑旻脸上露出难以置信的表情："你老公买给你的？"

"是啊，怎么了？"

"没事——我是觉得，你老公连一支口红都舍不得给你买，会舍得给你买这么贵的车？"

林可妍一时语塞，不知道该怎么回答。

"哎，郑旻，"一阵沉默之后，她出其不意地大声说，"你到底对我是怎么个看法？"

"这个——我不知道该怎么说。"

"得了！我来给你讲讲我自己的故事吧，"她马上接着说，"我不希望你对我有什么错误的看法，所以我要跟你说老实话——我老公其实是一个有钱人家的孩子。"

"哦，是这样。"

"他爸妈在温州有一个家族企业，还在杭州开了一家分公司，让他做了这家分公司的老总。"

说到这里，她伸手拿起了旁边的一个大钱包，放进他的手掌心。

"翻开看看。"她说。

郑旻顺从地打开那个皮夹子，第一眼就看到里面的夹层

第八章

中有一张照片。照片上,她跟一个男人脸贴着脸,两人都很甜蜜地笑着。

"这是我老公,你觉得他怎么样?"林可妍问道。

郑旻有点尴尬地说:"还不错,他多大了?"

"看上去有点老,是不是? 他大我九岁呢。这张照片是在我临毕业时照的。那段时间是我们感情最好的时候。我一从学校里出来,就跟他结了婚。但结婚后,他就跟变了个人似的。我们的日子过得并不好。他一直不停地出差,忙他自己的生意。他一回家,就跟我吵架。他爸妈也不喜欢我,嫌我太'事儿'了,总是用挑剔的眼光看我,找我的麻烦,"林可妍叹了一口气,幽幽地说,"唉,人家说'婚姻是爱情的坟墓',现在看来,真是一点也不假。"

这时,郑旻又在钱包里发现了一张林可妍在海边拍的单人照。照片上,她抚弄着被风吹乱了的头发,笑得非常开心。

他指着这张照片,问:"你在哪儿拍的?"

"舟山的一个小岛,"林可妍瞟了一眼,嘴角露出了微微的笑意,"你去过那里吗?"

"没有,我哪儿也没去过。"

"下次没准儿我可以带你去,"林可妍的眼神里蒙上了一层神往的色彩,"告诉你,我已经去过那里好几次了。每当我遇见什么不高兴的事,就会一个人跑去那儿。我喜欢那个岛上原住民的生活。那里的人过得平静、安逸,不像这里。"

沉默了一会儿，她才接着说："我需要那种感受，那种真切的感受。"然后，她又冲着他嫣然一笑，"我很有野心吧？"

郑旻一边盯着她的侧脸回了她一个微笑，一边合上皮夹子，递给了她："不，我觉得你是我见过的最有意思的女人。"

她接过钱包，把它放回原处，又接着说："所以我觉得你应该了解我的情况。我不希望你认为我是个不三不四的女人。你要知道，我跟你交往，是因为我想尽量忘掉那些伤心的事。"

"什么伤心事？"

她犹疑了一下，才说："我不能告诉你，最起码现在还不能。"

听她这么说，郑旻不再问下去了。

林可妍把车停到了灯火辉煌、人潮涌动的西城广场。

吃完晚饭后，他们一起去看电影。刚开演时，郑旻没怎么去注意内容，因为他觉得，她似乎变得更漂亮了。她有一双温和的棕色眼睛和一头垂到肩上的长发。她笑起来的时候，双唇会圈住，有点像在噘嘴。

有两次，他们的手臂在座位的扶手上相碰，他怕她不喜欢，就赶紧把手抽回来。后来，他看到前面一个年轻男人正将手环在他女朋友的肩膀上。他也想照做，但最后还是打了退堂鼓。

后来,他觉得,坐在她身边似乎变成了一场酷刑,非常痛苦。于是,他强迫自己暂时不去想她。这是一部心理学影片,是在讲一对相爱的男女在不知不觉中做出互相毁灭的事。郑旻觉得这部电影拍得很粗糙,所以在看完后,他有点不太高兴。

"这片子太假了,"当电影散场、走出大厅时,他说,"实际生活才不会这样。"

"当然不会,"林可妍笑着回答,"因为那只是编出来的故事。"

"这不是问题的关键。即使是编出来的故事,前后剧情也要连贯一致,但这部片子根本没有,全是在东拉西扯,好像是硬要拼凑出一些东西。我想,可能是因为导演本身也不清楚自己想要表达的东西,所以感觉起来就不对。"

这时,林可妍若有所思地看着他说:"郑旻,我觉得你是个才子。"

"才子? 怎么会突然这么说?"

"因为你刚才分析得很有道理啊。"

"是吗?"

"嗯,我觉得你不该去做推销员。"

"那我还能去做什么?"

"去给报纸和电影网站写写影评吧。"

郑旻听了,笑了笑,说:"我要是去做这个,早就饿死了。"

　　林可妍宛如在描绘一幅美丽远景般地对他说："自信一点。做什么事都需要耐心。也许不久之后,你会像是在爬一座大厦那样,越爬越高,看到的景色也越来越开阔。"

　　他听后,对她笑了一下。这时,他觉得她的眼睛变得异常柔和。

　　"其实我想跟你说,不管做什么,都要努力去做,不要轻易放弃。"此时,她握起他的手。

　　这是第一次有人对他这样,这激起了他的勇气。他把身体往前倾,也握住她的手,不自觉地说道:"好,我会的。"说完之后,他很怕她笑话他,但她没有,她反而对他露出鼓励的微笑。

　　不知为什么,这时的气氛就仿佛被一只无形的手给拨弄过了一样,莫名地变得有些尴尬。两人有很长一段时间都没出声。

　　"哎——"这时,郑旻刚张开嘴,却感觉整张脸都涨红起来。他想要开口说话,舌头却打结了,一句话也说不出来。

　　"你想说什么?"

　　"我想叫你一下,一时间却发现找不到合适的称呼。"

　　"我当是什么事呢,"她试图抚平他的情绪,"叫我林可妍就行了。你看上去有点奇怪。"

　　"是的,我觉得眼前的一切都很不真实。"

　　"看来我不该讲我跟我老公的那些事情,让你心烦。"

"不,不是因为这些,而是因为——"郑旻努力地想了想,最后还是放弃了,"算了,我没办法说出来。"

林可妍对他笑了笑,说:"那就不要再想了,况且也不是每件事都需要用语言表达出来。我有点累了,走吧,今晚还去你家。"

回到他的房间后,两人走到窗前,向外望了一会儿。地上铺着一层薄薄的雪,天空高悬一轮金黄的月亮,硕大、清冷。凉风袭来,月光洒在一片冰天雪地之上。

当她转身让他吻她那张奇妙、可爱的嘴时,皎洁的月光沐浴在两人身上。这次的做爱比第一次自然多了,也熟练多了。激情过后,林可妍面带笑意地望着郑旻,望得他甚至都不好意思起来。她那略显神秘的欢乐里再没有丝毫激动或兴奋的迹象——因为兴奋意味着没有餍足,而她所得到的却是完成之后的狂欢,心满意足的平静。那平静不是空洞的满足与无聊,而是匀称的生命,是获得休息与平衡之后的精力,是一种丰富而生动的平静。她充实了,她完美了,她热情洋溢,喜不自胜。

但他却不像她那样坦然。他觉得有些心慌意乱,似乎受骗吃亏的倒是他自己。她身上喷了香水,闻起来有一股若隐若现的幽香。从她刚才穿的名贵服装那光滑柔软的触感上,他深切地体会到财富怎样禁锢和保存青春与神秘,体会到一套套衣装怎样使人保持清新,体会到她如何像璀璨夺目的宝石一样闪闪发光,安然高踞于穷苦人激烈的生存斗争之上。

所以,他很清楚,他能得到她,纯粹是出于偶然。不管他以后会有何等的锦绣前程,可目前他只是一个默默无闻、一文不名的青年。他虽占有了她,却没有真正的权利去拥有她,正如他并没有真正的权利去握她的手一样。

第九章

　　这个周末,陈默终于回到了绍兴老家。

　　吃过晚饭,一家三口坐在堂屋的沙发上看电视。电视机的音量调得很小。这时,他妈妈问道:"最近工作怎么样?"

　　陈默回答:"还不错。"

　　"吃的穿的呢?"

　　"都没问题。"

　　"等天气好些了,把被子床单什么的都拿出去晒晒。"

　　"知道了。"陈默心不在焉地答道。

　　这时候,外面响起一阵敲门声。陈默爸爸过去打开门,一个五十多岁模样的中年妇女走了进来。

　　"哎哟,默默回来了?"那女人说。

　　"是啊,快坐吧梁阿姨,晚饭吃过了?"

　　那女人坐下来,咧开嘴笑了一下,脸上的皱纹顿时聚在了一起:"早吃过了。不错,不错,还没忘了你梁姨。"

　　陈默父亲对她笑了笑,道:"看你说的,他怎么会忘呢?"

"他在外面工作,一年到头回不来几次,有些人不认识也正常。我刚一进屋看到他还吓了一大跳呢,心想这是哪个帅哥啊,仔细看了看才知道是默默,都长成大小伙子了。"

陈默爸爸有些愤愤然地说:"长大了也还是不懂事,从来就不知道主动回家看看,有时候叫都叫不回来。"

梁阿姨叹了一口气,说:"我倒觉得这样也好,年轻人嘛,总该忙点自己的事业。我那个不争气的儿子整天在我眼皮子底下晃悠,有时候能把我气死。"

"闫磊做什么坏事了?"陈默问。

"你是跟他从小玩到大的,肯定知道他是什么德行。一个二十多岁的男人,毕业后,一直没一份稳定的工作。嘴又笨得要死,见了女孩子屁都放不出一个来。"

陈默笑笑,说:"也许有些女孩子就喜欢腼腆的男生呢。"

梁阿姨打开了话匣子:"你别说,还真是。前些时候,太阳打西边儿出来了,他不知道从哪里给我领回来了个女孩儿。到我们家以后,那女孩儿就住下来不走了! 这倒也罢了,前些天你知道她跟我说什么吗? 她说,'阿姨,我们那屋子太乱了,你给收拾收拾。'得,这还没过门呢,就爬到我头上来了! 以后我是有气受了。"

陈默妈妈插嘴道:"叫你儿子好好管管她啊。"

"甭提了,我儿子早叫她给弄得服服帖帖的,什么都听她的了! 唉,算了,看在她肚子里怀着孩子的分儿上,我就忍着得了。"

"啊?"陈默妈妈张大嘴巴,略带夸张地说,"已经怀上了?那你不是马上要抱孙子了?恭喜恭喜!"

梁阿姨脸上笑开了花:"这女孩儿个头不低,样貌也好,要是不给我生个气派的娃娃出来,那就真不该让她进我们家的门。"

"怎么老说这种丧气话呢?打算什么时候给他们办婚事?"

"快了,过年就办。你看我,光说自己儿子了。默默,你多大了?"

"二十七了。"

"也不小了,可要抓紧了,你想找个什么样的媳妇儿?"

"这个——我说不上来。"

"你是要求高吧?"梁阿姨盯着他问。

"也没有啊。"

"像你这样要相貌有相貌、要学历有学历的小伙子,眼光是要高点。随便一个阿猫阿狗哪里配得上你。"

陈默笑了:"梁阿姨,你还真抬举我。"

"我是说真的。我本来想给你介绍介绍,但是想想算了,手头上没有什么般配的姑娘呀!"这时,梁阿姨拍了一下大腿,"哎呀,看我这记性,我还得去镇上的超市给那懒虫媳妇儿买补品呢,先走了先走了!回头再聊。"

送走了梁阿姨，家中就突然陷入了一阵难堪的沉默。

过了好一会儿，陈默妈妈才打破局面，说："不就找了个儿媳妇吗，看把她嘚瑟的！"

她见没人搭腔，就又问陈默："你跟她儿子还有联系吗？"

"你是说闫磊？"陈默看了一眼母亲，"都七八年没见过面了，怎么可能还会有联系。"

"你小时候，他来咱家玩，你老叫他什么来着？"

"他呀，人看起来木木的，外号'木头'嘛。"

"哦，我也想起来了，他小你一岁，是吧？"

"嗯。"

"你也别怪我唠叨，"陈默妈妈盯着他，微微叹了一口气，才又接着说，"看看他这个八棍子都打不出一个屁来的闷葫芦，现在都快要当爹了，你啥时候能给我领回个儿媳妇？"

"妈！"陈默有些不快地说，"一回来就说这个事情，你能不能让我消停会儿？"

"她就这样问问，你有什么不高兴的？"陈默爸爸突然愠怒地说，"你有没有想过我们是什么心情？"

陈默不说话了。

陈默妈妈赶忙打圆场道："行了行了，这不正好好说着的嘛，怎么就吵起来了？儿子，我们这次把你叫回来，就是想听听你心里到底是怎么想的。"

"我——我也不知道该怎么说。"

"你心里怎么想的就怎么说,放心,你尽管讲,我跟你爸都不会怪你的。"

"现在结个婚开销得多大啊,咱家条件又不好,我不想让你俩太受累。等过几年我工资涨了,多少攒点钱之后再说吧。"

陈默爸爸着急地说:"那要等到什么时候? 成家立业,成家立业,成家是在立业前面的,现在你正是谈婚论嫁的时候,要是过了二十八还没把这事儿解决,那就真晚了。"

"你们的心情我也能理解,我尽量努力吧。"

"又打算跟我拖,是不是? 我还是那句话,你总不能像这样无止境地拖下去吧!"

"看你,说话就不能小声点吗?"陈默妈妈用劝诫的语气对他爸爸说,然后,她又把目光转向陈默,"你爸说得也对,我们也不是逼你马上就结婚,你可以先找个对象处着,互相了解一下嘛。有人跟我们介绍了个姑娘,是邻村的,在县城工作。这次叫你回来,就是想叫你俩见个面,你看行不?"

"还是算了。"

"嘿! 你这小子——"陈默爸爸从沙发上跳起来,双眼圆睁,说。

陈默妈妈赶紧站起来拉住他:"坐下,坐下! 这不正好好商量着的嘛,你这臭脾气真该治治了。"

陈默把头低下，然后又抬起来，看着自己的爸妈，说："我还是跟你们说实话吧——我有女朋友了。"

一缕喜色顿时涌上了陈默妈妈的眉梢："真的假的？"

"真的。"

"什么时候认识的？"

"她是我的大学同学，老早以前就认识了。但我们正式交往是在一年前。"

"叫什么名字？是哪里人啊？"

"周语菲，就是杭州人。"

陈默妈妈嗔怪道："你说你这个人，瞒了这么久，干吗不早点告诉我们？"

"最后能不能走到一起还不一定呢！我没能力在杭州安家，她爸妈也不太喜欢我。"

陈默爸爸问道："为什么不喜欢你？"

"嫌我是个买不起房的外地穷小子呗。"

这话引起了一阵短暂的静默。过了一会儿，陈默妈妈才说："儿子，咱们村旁边要建一个工业园区，这事你知道吗？"

"知道啊，怎么了？"

"咱家的地也会被征迁，到时候会有一笔赔偿款发下来，听说有好几十万呢，拿这些钱去杭州买房子，难道还不够首付吗？"

"这怎么行！"陈默脸上露出了凝重的表情，"地没了，这些钱又拿去买房子,到时候还得背上好几十年的房贷,那咱们家不就一下子空了吗？万一今后你们俩有什么急需用钱的事情,可怎么办?"

"唉!"陈默妈妈叹了一下气,略带无奈地说,"你要知道,天下的父母对自己儿女都是无条件付出的,只要你以后能幸福,当爹妈的也就心安了。"

"你们应该再好好想想,我觉得这样真的不妥。"

"好,好,"陈默妈妈笑着说,"先不说这个,那姑娘的照片你有吗？让我看看。"

"有是有,但我没带。"

"那下次记得拍些带回来,"陈默妈妈用满含笑意的眼睛瞥了他一眼,"最好是婚纱照。"

第十章

已近深夜。在一个小房间,郑旻躺在那里,无法入睡。这几天来,他心头一直涌动着与林可妍的欢情,精神上一片宁静,肉体上舒畅而满足。在这以前,他的生活中何曾有过这样的欢乐?在学校的时候,他形单影只,班上的同学孤立他,大部分时间他只能独来独往。后来工作了,忙忙碌碌中,一年到头攒不下多少钱,甚至还会搞到欠债的地步。在这个城市里,也根本没有什么女人愿意与他交往。可现在,他有了这么一位心爱的漂亮女人做伴儿,宇宙之大,对他而言大不过她那垂肩长发中的一缕缕青丝。他责备自己对她爱得不够,时时刻刻想见到她。

林可妍也已经有好几天没来找他了。一到晚上,他就会不自觉地想起她。他睡不实,想她,梦见她。他感觉他在抱着她,醒来后才发现抱的是枕头。

她跟他做爱,是对他的回报吗?与她交往的时候,他有一种感觉:他被宠爱了,为此他必须报答,以爱的方式报答她，报答他所处的世界。

他试着不去想她。可他又无所事事，没有任何东西可以转移注意力。这种感受让他异常痛苦。外面的喧嚣只是隐隐约约地传到他的房间中。而里面的人却翻来覆去，不能入眠。失眠让知觉减弱，却让幻想敏锐。他时而渴望什么，时而沉浸在回忆中，时而快乐不已，时而又充满恐惧。

左思右想了很久，他还是忍不住在深夜十一点打电话给她。他试拨了三次，每次都在拨出号码后又马上挂断。第四次，他鼓足了勇气，决定非等到她接听不可。

终于，听筒里传来了一声"喂"，却显得非常陌生。

"没在忙吧?"郑曼说。

"没，我自己一个人在家呢。"

"哦，你在——干什么?"

"看看电视玩玩手机什么的，现在准备睡觉了。你有事吗?"

"没事，就是想找你聊聊天。"

电话那头传来了一阵愉快的笑声:"你想我了，对不对?"

笑声融化了郑曼的大部分紧张，让他放松起来:"应该是吧，我就是睡不着。"

"你晚上一般都做些什么?"林可妍问道。

"没什么好做的，感觉挺没劲。"

"那就去喝杯牛奶，牛奶对睡眠有好处。"

"但我根本不想睡。你这几天没跟我联系，我还以为你被绑架了。"

那头的林可妍笑了："怎么可能，我好着呢！"

郑旻也笑起来，但笑得很不自然。

"哎，不如我们来玩个游戏吧！"林可妍说。

"什么游戏？"

"我们假装成一对普通男女第一次约会，怎么样？"

"好呀。"

"那现在就开始了——郑旻，谈谈你吧，你在什么地方上班？"

郑旻笑道："啊？我在哪里上班，你还不知道吗？"

"你忘了？我们刚认识。"

"哦，对——我在一家仓库做搬运工。"

"拜托，认真点回答好不好？"

"我是认真的。"郑旻笑了一下，"不过从下个月开始我会换一份更体面的工作。"

"什么工作？"

"二十四小时便利店里的夜间收银员。"

林可妍也笑了："我不是问你靠什么糊口。我是说——你真正感兴趣的是什么？"

郑旻短暂地停顿了一会儿，才说："亲爱的，要是我回答了这个问题，我敢肯定我们俩在接下来的半小时内都会无聊透顶。"

林可妍又笑了:"那好吧,跟我说说你家里人吧。"

"好的,"郑旻放松地说,"我家在河北省的一个小县城里。我外公是个医生,我爸爸也是个医生,我爸到我外公那儿工作时,认识了我妈妈。他们结了婚,生了我,后来又生了我妹妹。"

"你有个妹妹?"

"是啊。"

"知道吗,我一直很羡慕别人有兄弟姐妹,哪怕关系不怎么好。"

"这么说你是独生子女喽?"

"是呀,我以为你对我什么都知道呢!"

"其实我知道你的一切,也对你一无所知。我知道你很会跟人打交道,可我一点也不知道你的工作。你让我很难在现实的世界中找到你,但我觉得事情在该发生的时候就会发生,然后我们就遇见了。"

"是的,我们遇见了,"她同意他的说法,"好了,不早了,我要去睡了,你也快点睡吧,晚安。"

"晚安。"

挂了电话,郑旻觉得心中充斥着一种异乎寻常的、前所未有的幸福和满足。他很快就入睡了,一夜无梦,睡得很甜、很实。

但接下来的这天夜里,他打电话过去,却无人接听。再打,还是没人接。后来,他又打了两次,林可妍依然没有接。他终于放弃了,前一天晚上的那种满足感此刻已荡然无存。于是,他暗暗下定决心,明天晚上接着打给她。

第二天的白天显得如此漫长。后来,晚上总算到了,郑旻深吸了一口气,拿出手机拨出了林可妍的号码。

听筒里的忙音持续了很久。随着一下又一下的"嘟"声,郑旻觉得自己的心越揪越紧。终于,那边传来了一声"喂"。

他觉得一阵狂喜涌上心头。但林可妍没等他发话,就说:"我在上班。"

"这么晚了还在上班?"

"嗯,这两天工作忙,一直加班。"

"等你下班之后我再打给你?"

"下了班还得跟同事一起去吃饭。"

"那等你有空再说吧。"

"好,我挂了。"

说完,林可妍就挂了电话。而此刻的郑旻,心中却充满了乱七八糟的胡思乱想。他想得越多,事情就越不单纯。他暗暗下了决心,必须打破这种僵局。等到下一个晚上,他不由自主地又去拨林可妍的电话。

这次他开门见山地说,他想见她。一开始,她说不行,但他仍然请求她在他们一起去过的餐厅内碰面。

她终于答应了。挂上电话后，郑旻又盯着手机默默地看了一会儿。曾几何时，他变得如此急于想知道她的感受和想法？

明知山有虎，偏往虎山行，这是谁也救不了的。夜幕降临，约定的时间快到了。在餐厅前，他踱了很长时间的方步，才进去坐下来。

林可妍进来时朝他招了一下手，走过来时，脸上还带着微笑。

"我知道现在很晚了，"他向她道歉，"但如果不找你谈谈，我会发疯的。"

她靠在椅背上，看着他，说："郑旻，你有点吓着我了。你很有才华，但是在感情方面，你还像个孩子。你要学着信任我，信任别人。"

听到这番犹如说教的言语，郑旻有点生气，但后来突然觉得其实很有道理："你是说我这几天不该联系你？"

"嗯。"

"但我控制不了对你的想念。我在想该不该联系你的时候，实际上就已经有决定了。"

她仔细打量着他，说："你好像变了个人似的。如果你能看到自己的脸，就会明白我的话。"

"是的，我确实变了。"他握住她的手，"都是你，你让我睁开眼睛明白这一切。"

她的表情紧张起来,同时抽回了手。

"以前我就不该告诉你我喜欢你,我应该信任自己的感觉,我是爱你才对。"他接着说。

"爱我?"林可妍莫名其妙地笑了一下,"不行,不行。"

"不行?为什么不行?"

"你真了解我吗?我们真正接触的时间也才只这么几天而已。"

"我对你的感觉不会因为进展太快而改变的。时间长了,我只会更爱你。"

"这个谁又能说得准?你应该再去接触一下其他女人,慢慢来。"

"你是说,我在情感上还只是个孩子而已?"

"你误解我的意思了,我没说你只是个孩子。"

"那是为什么?"

"我也不知道该怎么说才能让你明白。我也必须为我自己想想。等过一段时间后再说吧!你要有耐心。"

她在讲道理,但郑旻根本就不愿意听。"这几天晚上,"他说,"我都盼着能约你出来。我在想该怎么在约会中表现,该讲些什么话,该怎样留给你最好的印象,我想这些事都想得快发疯了。我害怕自己说错了什么话,让你不高兴。"

"你没让我不高兴。"

"那我什么时候可以再跟你见面?"

"我没有权利让你投入的。"

"但我已经投入了!"郑旻叫了出来,发现旁边的人都转头在看他,于是赶紧降低音量,微抖着说,"我是人,是个男人,不能整天只跟孤独做伴。你说多跟别的女人接触,但我根本不认识其他女人,也根本对她们不感兴趣,又怎么可能呢?我觉得心里有一把火在烧,这让我情不自禁地想起你——"

"好了,别再说了,"林可妍痛苦地说,"我要回去了,我老公这几天都在家。"

"你还爱他吗?"

林可妍轻轻地摇了摇头。

"那你干吗还躲着我?"

"但他毕竟是我老公呀,我们毕竟还是一对法律上的夫妻,我怎么可能连一点顾忌都没有?"

"那我们什么时候能再见面?"

"最近都不要见了。"

"不行,不行,"郑旻摇着头,"那样我会忍不住给你打电话的。下个周末我再来找你,可以吗?"

"好吧,"在他的坚持下,林可妍妥协了,"但也不要就我们两个人私底下见面。"

"也行,地点随你选,"他觉得自己的声音都有点沙哑了,

“只要能跟你在一起就好。”

她皱了一下眉头，说：“好。下周末大剧院有一场话剧演出，你可以邀请我去参加。现在走吧，我送你回去。”

走出餐厅，郑旻坐到了林可妍的车上。遭到她的拒绝，他觉得有点生气和难堪；于是他坐在那里，一言不发，只是紧盯着车窗外的景色看。他很爱她，现在却对她夹杂着恨意，很想重重掴她一巴掌，让她匍匐在地，再将她紧拥入怀中，热烈地吻她。

这时，林可妍看了他一眼，说：“郑旻，如果我让你心烦了，我很抱歉。”

“嗯，别说了。”

“但你要明白这是怎么回事。”

“我明白，”他淡淡地回答，“但我不想再提了。”

当车停在他住的小区门口时，他整个人已陷入极度的沮丧中。

“都是我的错，”她看了他一眼，“今天晚上我根本就不该跟你出来的。”

“你没有错，错的人是我。”

“我的意思是说，我们不该感情用事。还有很多事等着你去完成。我不该在这个时候介入你的生活。”

“这也是我该担心的，对不对？”

"难道不是吗？这不单是你个人的事，你和我都有责任在身，你有你的事情，我有我的生活，我们都要对它们负责。"

她越这样讲，他的情绪越坏。因为这不仅突显他的笨拙无知，也好像是在说他在她心目中还只是个鲁莽冲动的少年而已，她可以轻易摆平他。

在小区门前，她转头对他微笑。他一度以为她会跟他进去，但她只是对他轻声细语地说："今晚很愉快，谢谢你。"

他很想跟她吻别道晚安，但怕她有防备心。他记得在小说和电影里看到的情形都是男人先采取主动，所以昨晚他就计划好今晚要吻她，但现在却有点犹豫，担心会被她拒绝。

他往前靠近，她果然回避了他，说："我们最好就这样分开。我们不要涉及私人感情，现在还不是时候。"

在他还没能开口问她何谓"还不是时候"时，她早已纵身上车，轻轻抛下一句话："晚安，谢谢你陪我度过一个愉快的夜晚。"然后关上车门，发动汽车，离开了。

这时，他的怒意整个都涌了上来，不仅是对她，也对他自己和全世界。到现在为止，他还不知道她究竟是真关心他，还是仅仅出于一片好心而已。另外，让他困窘难堪的是，以前他都没经历过这种事。要怎样才能学会靠近一个人？男人该怎么接近自己喜欢的女人？没人教过他这些。但他想，下一次他会跟她吻别、说晚安的。

第十一章

春天来了。最近几天,温度一直在回升,路边的一些树已经开花了。

这天是个周末。晚上,周语菲与裴玲在一家餐厅里坐着。两人一边闲聊,一边等着陈默。

周语菲扭过头,说:"亲爱的,你还记得他吗?"

"你是说陈默?"裴玲轻挑了一下画得很细致的眉毛,"当然记得啦,怎么了?"

"再过几天,我跟他交往就满一年了。"

"这么久了?"裴玲吐了吐舌头。

"我已经带他见过我爸妈了。"周语菲故作随便地说道。

裴玲露出吃惊的神色:"你跟他来真的了?"

"为什么不呢?"

"可是——"

"可是什么?"

"我觉得他这人不怎么靠谱。"

"只是你觉得而已。"周语菲嘲笑裴玲。

"是的啊,我跟他也见过几次面,我感觉他不太正常。"

"不正常？哪里不正常？"

"他很孤僻。"

"哦,可他跟我在一起就不会孤僻了。而且我倒觉得他挺可爱的。"周语菲悄悄地笑了。记得刚跟他相处那会儿,陈默那羞涩的态度是多么荒谬——就好像她是电影明星,而他却是个她的崇拜者一样。

"他又不帅!"

"可我倒很喜欢他的样子。"

"而且个子也不高。"裴玲做了个鬼脸。

"只要比我高一点就行——你干吗老去挑他的毛病!"周语菲说。

"我这也是为你好。"裴玲狡黠地眨了眨眼睛,"哎,你有没有听说过,身高不过一米七五的男人都是二等残废?"

"胡说八道!"周语菲很气愤,"这些鬼话我根本就不相信。"

"好吧,你已经无可救药了,我拿你没办法了。"

这时,周语菲看见陈默走了过来。

"陈默,到这边来!"她冲他招着手。

陈默走过去,坐下来,就看见裴玲正对他露出神秘莫测的微笑,于是他也不自在地回了她一个笑。

"哎,我问你,我们今晚住哪里?"周语菲放开了嗓子,比任何时候都热情。

陈默苍白的脸泛起了红晕。

"干吗脸红?"她有些莫名其妙,却也为自己的魅力引来的这种礼赞所感动。

"吃完饭后,我们俩再单独商量,怎么样?"陈默有点不自然地说。

周语菲的笑很坦然,毫无恶意。"你真好笑!"她说,"有什么关系! 想好了就告诉我,行不?"她带着最为深沉的同情对他笑了,"快点菜吧,吃完饭我们一起去唱歌。"

晚饭结束后,陈默随她们两人来到不远处的一个KTV包厢里。他吓了一跳,原来这里面已经有了五六个人。

坐下来后,看着一张张陌生的面孔,他悄悄问周语菲:"怎么有这么多人?"

"这些人都是裴玲带来的,人多更显得热闹嘛。"

陈默不说话了,只是安静地坐在了那里。

后来众人开始唱歌。一支接着一支,歌声越来越激动、高亢,犹如从空中劈下来的雷电。他们手拉手围成了一个半圆,随着音乐的节拍齐声呼喊着。

陈默觉得该是他有所动作的时候了,可他的动作是假的——尽管有那样的音乐,尽管大家越来越激动。别人开始手舞足蹈地摇摆，他也手舞足蹈地摇摆。

终于，人们稍微安静了一些，他也总算能喘一口气了。

这时，周语菲满脸通红地说："今晚真尽兴，是吗？"

"是的，很尽兴。"他望向一边，撒了个谎。

"你帮我看一下包，我去趟洗手间。"说完，周语菲站起来，走了出去。

陈默望着她绿色短外衣下那黑色的紧身裤，脸上露出了复杂的表情。

"她很漂亮，是吧？"旁边的裴玲似笑非笑地突然对他说。

陈默吃了一惊，才回答："嗯。"

"我知道她为什么喜欢你。"

"为什么？"陈默被她说得好奇起来。

裴玲淡淡地笑了笑，说："她跟你提过她以前那个男朋友吗？"

"没有。"

"那男人挺帅的，家里又有钱。不过你也知道，这样的男人确实靠不住，没多久她就发现他脚踏两只船。"

"后来呢？"

"后来自然是她狠下心，跟他一刀两断了。自从这件事情以后，她就发誓，再谈恋爱的时候，一定要找个听话的男人。"

这句看似漫不经心的话却像一根针，刺进了陈默心里。

他一时语塞,不知该怎么回答,只是冲裴玲尴尬地笑了笑。

他记起了在向周语菲告白前那段畏怯犹豫的日子,那时他曾经希冀、渴望有勇气去跟她表白。但他又害怕遭到拒绝的羞辱。后来,他还是鼓起勇气跟她说了,她竟然同意了!狂喜过后,好了,她现在是他的了,可他仍然难受。他难受,是因为她的行为只像那种常见的普通姑娘,毫无其他独特的与众不同之处。

在跟异性打交道方面,陈默有着非常痛苦的经验。因为不管原因何在,他混得并不比其他男人好。因此他追求的绝大多数女人都轻视他。种种轻视使他觉得自己是个局外人。既以局外人自居,他的行为举止也就像个局外人了。有时候,他甚至会嫉妒那些情场得意的富家公子哥儿。这些人不必为追寻爱情而一次次地被轻易地羞辱,他们在这个社会里如鱼得水,悠然自得,没有自我意识,对自己环境的优越和舒适也熟视无睹。

但不管怎么说,他都绝不是一个"听话"的男人,如果周语菲觉得他"听话",那也只不过是她的错觉罢了。

唱完歌出来,陈默与周语菲并肩走在马路上。这时,旁边的公园里传来了小提琴的声音。原来那里在举行一场露天音乐会。台下已经站满了人,他也拉着她挤了进去。

"这里就可以了,"周语菲不悦地拉了陈默一把,"不一定非要挤到前面。"

陈默尴尬地笑了一下，站住了。

周语菲问道："现在演奏的是什么曲子？"

"德彪西的《大海》。你喜欢吗？"

"我对这种音乐知道得不多，要仔细想想看。"

"不用想，"陈默低声说，"用心去感觉，让音乐像微风一样吹拂过你的心田，不必问为什么。"

过了一小会儿，周语菲不耐烦地拉着陈默的手臂，说："我们走吧。"

陈默转过头去，看了她一眼，说："我想再听一会儿。"

"你刚才还没听够啊？"

"你说在那个包厢里？"他没有掩饰住自己的不屑，嘟哝道，"那我确实听够了。现在我想静静听一会儿音乐。"

"可我不想听。"

"可是我想听。"他坚持。

周语菲略带气愤地说："这有什么好听的？"

"这叫我感到更像是我自己了。更像是由自己做主，不完全属于别人的了。你有这种感觉没有？"

周语菲惊讶地看着他，说："你怎么能够说那样的话，我们毕竟是人人为我、我为人人的——"

"是的，我懂。"陈默不以为然地说，"我也有用处。可我现在真恨不得没有用处。"

他这句话叫周语菲大吃一惊。"陈默!"她大声抗议道,"你怎么能这样讲?"

"我怎么不能这样讲?"他换了一种调子说,"你就不希望自己自由吗?"

"我不明白你的意思,我本来就是自由的,有玩个痛快的自由。现在我也觉得自己很幸福。"

他哈哈大笑:"不错,但你就不喜欢以另外一种方式自由自在地选择幸福吗? 比如说,以你自己的方式,而不以其他任何人的方式?"

"我不懂你的意思,"她向他转过身子,重复道,"我们回去吧,我讨厌这地方。"

"你不是喜欢跟我在一起吗?"

"当然喜欢,但我不喜欢待在这里。"

"我还以为我们在这儿能更接近,你明白我的意思吗?"

"我什么都不明白。"她决绝地说,"好了,我不想再说了。"她真的生气了。

"你不高兴了?"

"我没有不高兴。"

"别这样了,你在生气,对吗?"

周语菲猛地甩开陈默伸过来的手,说:"好,你想知道是不是? 我告诉你! 你现在变得很不寻常,好像你不是个凡人一样。"

"我没那个意思。"

"不要打断我说话!"她语调中的怒意让他不寒而栗,"我是说真的,不是开玩笑。"

他反驳道:"那你希望我怎么做?"

"你为什么老是一副拒人于千里之外的样子?别人没对你不好啊!"

听了这话,陈默只觉得一股再也控制不住的怒气直往脑门上冲:"是吗?你怎么知道?那个裴玲根本瞧不起我,你爸妈也顶多只是把我当成突显他们自己优越感的白痴。任何人站在白痴身边都会觉得自己比较聪明。"

周语菲也气得嘴唇直哆嗦:"你怎么能这么说?"

"我敢肯定,我说的全都是事实!"

"那你认为我也是那种人,是不是?"

"我没有。"

"没错,你说得也有道理。我刚认识你时,觉得你人很好。可是现在你变了,我站在你身旁都觉得自己不够机智。每次跟你见面分手回家后,我都觉得自己很无能,好像对每件事的反应都很迟钝,没办法跟得上你。我会回想说过的话,想想刚刚其实该怎么说才显得比较聪明。"

陈默试图引开这个话题,但她一直不断往里钻。最后,他终于忍不住说了出来:"我不是来跟你吵架的,我需要找个人谈谈!"

"我也一样想找个人谈谈,但我现在没办法跟你谈。"她斩钉截铁地说。

他一时找不出任何话来安慰她。她选择跟他在一起,并不是想折磨自己,这是可以理解的。但如今他们之间却好像已经没有什么共同点,连简单的对话都会让双方之间的气氛趋紧,变得尴尬,最后转成无言的静默。

"你太认真了。"她抬头看他,语气稍显平静,心情已没刚才那般恶劣。

"你是指哪方面?"

"我也说不清。我只是觉得,有些事情你不该那么严肃认真,好像要上法庭接受审判一样,这样你会很痛苦的。"她走出几步,"今晚就这样吧,现在我要回家了。"

"语菲——"

"不用说了,我已经决定了。"

"你不用这样的,我确信你只是——"

"你确信你知道?"她突然转过头,狠狠地盯着他,"你怎么知道我的感受?你根本就是在胡乱猜别人的想法。你根本不知道我的感受,还有我感受的方式和原因。"

陈默一下子愣在原地。

她的声音已经开始颤抖:"好了,我只是有点烦心而已。我想我们先分开一阵子,这样对双方都有好处。我们俩都可以借这个机会好好想想我们之间的事。"

说完之后，她就走了。

过了没多久，陈默也怀着一身颤抖离开了。后来，他反而觉得有点释怀了。他快步走上街道，感觉颈后有股冷风袭来，这是春夜的凉风。

他知道他对周语菲的情感在渐渐回缩，从充满崇拜之情，回到爱她，喜欢她，再到感激她，然后是一份责任感。他对她困惑的情感已经把他拉回原点，他曾经因为对孤独的恐惧而被迫依赖她，现在，他真想切断这飘浮的情感。

有一阵子，他突然觉得自己自由了。但伴随自由而来的，还有伤感。他很想克服情绪障碍和恐惧，与她真正陷入爱河，共筑爱巢，安定下来。但这最终能实现吗？他不知道。

第十二章

期盼了好久，郑旻终于盼到了话剧演出这一天。

这天一大早，他就起床了。等到下午四点钟，他拨了林可妍的号码。

对方振铃一遍又一遍，最后在一片寂静中停止。

这下郑旻慌了。焦躁不安地过了半个小时后，他又拿出手机，拨出那串熟悉的数字。

但这次依然没人接听。

郑旻只觉得自己的五脏六腑已经揪到了一起。本能告诉他，他今天一定要找到林可妍、见到林可妍，否则他根本不知道该怎么度过接下来的这个夜晚。

于是，他打开房门，冲了出去。他急匆匆地走下楼，决定先去林可妍住的地方碰碰运气，于是他乘公交车来到了她居住的这个小区。

下了车，本来阴沉的天空中又飘起了雨。他没带伞，但他顾不得那么多了，只是一路小跑来到了林可妍的家。

到了她家门口，却发现自己没有勇气按响门铃，但他又不甘心就这样离开。于是他站在这里等着，连自己也不知道在等什么。

过了一会儿，他听到里面传来一阵谈话声，这声音离他越来越近，然后门就"咔嗒"一声开了，郑旻急忙侧过身去，但他还是看到从里面走出来一个三十岁左右的、脸上带着满足感的男人。

等那男人下楼之后，他终于下定决心，按响了门铃。

门开了，里面传来了林可妍的声音："你个该死的方斌，怎么又回来了？"

等到她发现是郑旻、想要关上门时，已经来不及了。

郑旻一把抓住门的一侧，说："不，不是方斌，是我。"

林可妍吃了一惊，很不自在地说："你怎么来了？"

"我们不是约好了吗，晚上一起去看话剧，怎么连我的电话都不接？"

"是吗？我忘了。"

郑旻用质问的语气大声说："告诉我，谁是方斌？你老公叫方斌吗？"

这时，林可妍冷静地说："你先进来，有什么事情到里面说。"

郑旻也不客气，一脚踏进了她家里。

把门关上后，她带着满脸的怒气，问："你在监视我吗？"

"我只是碰巧遇见他罢了,他是谁?"

"他是谁用不着你来问。"

"那我在这里等他再来,那时候我再问个清楚。"

"郑旻,"林可妍愤怒地盯着他,"你有什么资格到我家里来过问我的事情? 你要是再纠缠个没完,我马上报警!"

郑旻无所谓地耸了耸肩,说:"电话就在那里,你倒是去报啊!"

"好,好,"她无可奈何地说,"我告诉你他是谁。他跟你一样,都不是什么好东西!"

此时,郑旻觉得有一股热血直往上涌:"这么说,你只是在跟我玩玩了?"

"随你怎么说,反正我不在乎。"

"你跟你老公感情不好,是你自己的事情。你要是想报复他,外面有大把的男人可以玩弄,干吗来找我?"

林可妍冷漠地笑笑:"这么说,你对我是有真感情了? 那我要跟你说声对不起,我不该去伤害你这个痴情男人。"

郑旻也不甘示弱:"你说对了,我对你当然是真心的! 我以为照这样下去,我们可以在一起计划未来——"

"哦? 你有什么计划?"

"你把婚离了,然后我们生活在一起。"

林可妍脸上露出了讥讽的笑:"你倒真是会想! 我没料到,原来你的幼稚真不是故意装出来的。我在这里有自己的生活,我不可能打个包就走人。要是跟你生活在一起,我就只能住在出租房里,连买套像样的衣服都要考虑老半天!"

"不会这样的,我会照顾好你的。"

"照顾好我?我喜欢拎爱马仕的包,用香奈儿的香水,穿巴宝莉的衣服,你能买给我这些吗?这些东西,你听说过的又有几个?"

"将来的日子总会慢慢好起来的,我确信——"

"你确信?"林可妍再次冷笑着打断他,"你有什么资格给我承诺?我最恨的就是像你这样的男人随口瞎说的承诺!"

"你怎么知道我是在随口瞎说?你又对我真正了解多少?别这么随便就给一个人下定论,好吗?"

"也好。那你说说看,你有哪些值得一提的地方,你又到底看上我哪一点了?"

"我——"郑旻想争辩,但话到嘴边,却发现自己根本无法表达。

这时,林可妍顿了一下,才又更大声地接着说:"你已经跟我上过床了,你到底还想从我这里得到什么?我——我放荡,我喜怒无常,还有满脑子的虚荣心。我不可能去做你的田螺姑娘,我只能接受那些有钱的、成功的男人,我从你身上得不到安全感,就像你说的,我只是在跟你玩玩罢了,你最好也能这么想。我老公今晚会回来,你最好快点走开!"

郑旻觉得有一股莫名的暴怒忽地从心头涌起。他一下把林可妍推到了墙边，按住她，用凶狠的目光看着她，一字一顿地说："听着，我是真的爱你，我会让你接受我的。"

说完，他也不顾她的感受，就用双手抓住她的肩膀，把嘴伸过去，用力吻起她来。

她当然不接受他的吻，一边向后退，一边用自己的手徒劳地推他、敲打他。

终于，他放开了她，头也不回地走出了她的家门。

第十三章

从林可妍家里回来后，郑旻便一直处于猛烈的激荡不安之中。夜晚躺在床上，各种离奇怪诞的幻梦纷至沓来。这时候，小钟在桌上"嘀嗒嘀嗒"地响着，月亮用水一般的柔光浸泡着他挂在墙上的衣服。梦中，林可妍微笑着朝他走来，摸着他的脸颊，吻他，同时抚慰着他心中那一道又一道隐藏在最深处的伤痛。

可醒来之后，念及现实，绝望便立刻来袭。但他又不愿就此罢手，于是他给她打电话，起初她拒接，后来打多了，她的电话就再也打不进去了。他又给她发消息，但每一条都如泥牛入海一般，没有任何回音。

一天又一天过去，绝望之中，他居然拨通了陈默的电话。

"喂，我是郑旻，你今晚有空吗？"

"今晚啊，还不一定呢。哦，对了，我最近工作有点忙，还没把你的那部书稿给报上去。"

"不是稿子的事，我有别的事想请你帮忙。"

"是什么事?"

"电话里讲不清楚,我们今晚一起吃个饭吧,我当面跟你讲一下。"

"那——好吧。"

"好,晚上见。"

傍晚六点多,陈默与郑旻在约定好的餐厅里碰面了。

"今晚找你,是因为林可妍。"郑旻开门见山地说。

"林可妍?"陈默惊讶地问道,"她怎么了?"

"自从上次在街上碰到她之后,我很想再见见她。所以我想——"

"你想什么?"

"我想请你帮我约她出来,让我跟她见一面。"

这时,郑旻对着他露出了僵硬的笑容,可是陈默却无动于衷。

"我有点想不明白。"他盯着郑旻说。

"不明白? 哪里不明白?"

"你想跟她见面,为什么要通过我来约呢?"陈默答道,"要是你没她的联系方式,我可以给你。"

"不行,这样行不通。"

"为什么?"

郑旻微微抽动了一下嘴角,声调起了一些细微的变化:

"最近这段时间,我跟她之间发生了很多事情。现在去找她的话,她是不会见我的。"

"是吗？发生什么事了?"

"有好几个晚上,我们都在一起。她近来不怎么开心,我一直在陪着她。"

"是吗?"看着郑旻那张空洞无神的脸,陈默有点想发笑,"你不是说你对她已经没什么想法了吗?"

"是她先来找我的。我觉得我没办法拒绝她。"郑旻一边说,一边不安地东张西望,仿佛他的旧梦就隐藏在附近,一伸手就可以抓到似的。

"那她现在为什么又不见你了?"

"怪我自己,我把事情给搞砸了。我告诉她,我还爱她,想跟她在一起生活。我想我把她给吓着了。"

"既然你明白,那我也就没什么好说的了。"

"但你也知道,我认识她要比她老公早得多。"郑旻叹了一口气,"她过得不幸福,她根本就不喜欢她老公。"

"是吗?"陈默漫不经心地回答。

"她不喜欢,"郑旻固执地说,"她过得并不开心。"

"但现在我觉得离她很远,"他停了一会儿,才接着说,"很难让她理解我。"

"她老公妨碍了你们吗?"

"她老公?"郑旻挥一挥手,好像已经把那个在虚空中存在着的男人给赶跑了似的，"她老公是无关紧要的。"

"这么多年了，你真还那么喜欢她吗？"

"是的。"

"唉，你这个人我真搞不懂。姑娘多的是，何苦非要缠住一个不放？更何况这个还是结了婚的。"

"我明白，我明白，"郑旻脸上露出了痛苦的表情，"我也想放弃她，但我做不到，至少眼下还做不到。"

"怎么会做不到？是你下不了决心吧？要知道这世上谁离开了谁都能活。"

"可我的感觉你是体会不到的。前几天，她让我亲她，当我贴近她那张脸时，我感觉到心跳得厉害。我觉得我一跟她抱在一起，心就变踏实了，不再那么野了。"郑旻有些陶醉地说，"所以我下了决心，不会轻易放弃她。"

一阵短暂的沉默之后，陈默说："我有一些话想告诉你，但又不知道该不该说。"

"什么话？"

"其实也是一些很老套的话。我说出来也是为你好。你知道的，感情上的事勉强不来，过去的就让它过去好了，何必非要一直放在心上？"

郑旻顿了一下，说："你还是想劝我放弃她？"

"为什么不呢？退一步海阔天空。"

"我觉得还有挽回的余地。我们只是吵了一次架而已，难道你跟周语菲就不吵架吗？"

听了这番话，陈默忍不住笑了出来："吵，当然吵。前几天我跟她还刚吵过一次。不过——我觉得我跟你还是有区别的。"

"有区别？我们不都差不多吗？"

"如果我跟你差不多，"陈默不禁脱口而出，"周语菲就不会跟我在一起了。"

"为什么？"

陈默用漫不经心的语气调侃道："你做的那些事儿，我可做不到。要知道，没人像你那样，这么多年了还能对一个拒绝了自己的人用这么深的情，这种举动可不是一般人能做出来的——"

陈默说到这里，突然停住了。他看到郑旻的双眼散发出了一股让他不寒而栗的怒火。

过了一会儿，郑旻才沉沉地说："这么说，你也觉得我是个疯子，是不是？"

陈默有点退缩了，含糊地答道："这个……我觉得……我们是不太一样。"

郑旻死死地盯着陈默，用手指了一下胸口，脸上露出了难以捉摸的表情："你知道吗，你这句话就跟朝这里戳了一刀一样。在我印象里，你是个不错的人。我本以为你对我的看法会跟别人不一样，没想到……没想到你……"这时，他突然抬高了声音，"算了，算了，就当我没来找过你好了。不过我有一件事想让你知道，那就是我确实要比你疯得多。"

陈默发现旁边的人都朝他们这儿看了过来，有些慌乱地说："小声点，小声点，好吗？"

可他的劝说更像是在火上浇油，郑旻的声音更大了："对了，我还有一件事要说——现在的我没变，还是当初你们眼里的那个疯子！"

陈默也觉得有点窝火了，咕哝着说："你就不能闭嘴吗？也不看看现在是什么场合？！"

然而这时，郑旻却突然发飙了。他伸出一只胳膊，把桌上的餐具一股脑儿全扫到了地上。伴随着陶瓷杯盘那叮叮咣咣的落地声，他吼道："去你妈的，你才闭嘴！"

餐厅里的人纷纷朝两人投来惊异的目光。郑旻站起身来，一口气走到收银台前，对一个服务员说："算算那些餐具值多少钱，我买单。"

陈默愣了一会儿，然后站起来对着郑旻的背影喊道："哎，等一下，等一下——"

但郑旻付完钱之后，头也不回地走出了餐厅。

陈默只好跑出去，在街上追到了他。

"你这人也真是的，"陈默气喘吁吁地说，"干吗发那么大的火？"

郑旻一直往前走，并没有理他。

"冷静点,听我解释好不好?"

这时郑旻站定了,说:"我告诉你,趁我还不想动手前,离我远点!"

"是吗? 你想怎么做?"陈默也发怒了,"你也想把我给打进医院吗? 我倒想看看你有没有这本事!"

郑旻看着他,愣了一会儿。然后,他身上的劲儿卸了下来:"那你说吧!"

"说什么?"

"你不是要解释吗? 现在就开始。"

"你也知道,林可妍已经结婚了。不管怎么说,对于这种有可能破坏别人家庭的事情,我是不太情愿去做的,我也从来没做过这种事。"

郑旻恢复了平时那种冷淡的语调:"你是没做过,但你倒挺喜欢对别人说三道四的,不是吗? 你没胆量活出自我,没胆量做自己。你是个只敢随大流的伪君子,是个爱说谎的小人。我信任你,把稿子拿给你看。我把烦恼倾诉给你听,真心想请你帮忙,你却看不起我。"

陈默不服气地说:"我没看不起你,我只是觉得你跟她有点不切实际。"

"可我已经准备好了,我准备负我的责任。至于林可妍,她也得负她的责任。"

听了这话,陈默惊讶地问:"她有什么责任?"

郑旻想了想,说:"我不想跟她就这样莫名其妙地断了。这么多年了,我一直都没忘记她。现在她不能像对待玩物一样,玩过之后就把我丢到一边。她至少要给我一个答案,一个我能接受的答案。"

陈默想了想,接着叹了一口气,说:"好吧,我明白了,我帮你约她出来。"

第十四章

　　与郑旻分开后，陈默回到了住处。不知为什么，他想起了郑旻的那部稿子。于是他把它翻了出来。稿子已经蒙上了不少灰尘——说实话他几乎已经把它忘了。而现在，他小心地用嘴巴吹、用手指弹，才把灰尘弄干净。

　　第二天上班时，他拿着这部稿子，找到了他们公司的老总。

　　老总名叫王志坚，是个四十多岁的中年男人，平素就以精明、尖刻著称。

　　总经理室的门大开着，王志坚就坐在里面。陈默走过去，还是敲了敲门，说："王总，不好意思，想打扰你一下。"

　　看到是他，王志坚脸上露出了一丝僵硬的微笑："嘿，是小陈啊，最近好吗？"

　　"挺好的。"

　　"那就好。"

　　"王总，您现在有空吗？"

"现在有点忙,有什么事?"

陈默从背后拿出了那叠稿子,说:"是这么回事——我的一个朋友写了一部小说。他把它给了我,让我转交给您。他还说,想让您帮他看看,不求别的,只希望您能对他的作品发表一些意见——"

王志坚伸出一只手来,打断了他:"拿过来,我看看。"

陈默立马走过去,把稿子毕恭毕敬地递了过去。

王志坚扫了一眼,不动声色地说:"你的那朋友叫郑旻?"

"是的。"

"好像没听说过嘛。"

"当然了,他是个新人。"

"那我觉得现在就可以给他意见了。小陈,我接这稿子是看在你的面子上。可是说真的,"王志坚用很轻松随便的语气说道,"我对年轻人是有兴趣的。但你自己也知道,你也并不认为他们中有什么天才。"

陈默暗自在心里笑了,不过他还是反驳道:"这稿子我也读了一些,我觉得还是不错的。拿卡夫卡来说吧,当时他的书没人要,现在都卖出多少本了?"

"没错。但当时还有上百个作家,写得也不错,同样也卖不掉自己的书。现在这些人的书稿还是不值钱。谁知道这是怎么回事?是不是作家只要写得好就能成名呢?千万别相信这个。再说,你的这位朋友究竟写得好不好也还没有证实。只有你一个人夸他，我还没听见别人说他好呢。"

"那怎么才知道一个人写得好不好？"

王志坚略带神秘地冲他一笑，说："只有一个办法，出了名写得就好。"

"好吧，您说得对。"陈默也笑了，"那这本稿子，我是拿回去呢还是……"

"就放这里好了，但我可不保证会去看它。"

"我明白，我想我的那个朋友也不会介意的。王总，那我先过去了。"

"好的，再见。"

陈默回到自己的办公桌前，觉得轻松了许多。他知道，如果要给郑旻的稿子找个坟墓，那么王志坚的办公桌再适合不过了。每隔一段时间，他那张桌子上就会堆满各式各样废弃了的稿子，然后，楼层保洁员会提着黑色的大垃圾袋，熟练地把这些稿子装进去运走。那个不识趣的郑旻，就让他这样见鬼去吧。

他心满意足地坐下来刚一会儿，手机就响了，是周语菲打来的。算起来，他们已经有整整七天没联系过了。

陈默赶紧跑出去，迫不及待地按下了通话键："你终于肯打电话给我了？"

"是的，你想我了吗？"

"何止是想,你现在要是在我面前,我能一口把你吃了。"

电话那头的周语菲咯咯笑起来:"那今儿晚上来找我,我倒要看看你能不能把我给吃了。"

陈默顿时觉得浑身充满了力量,几天来的阴霾也一扫而光:"好的,晚上见。"

夜幕降临,陈默急切地奔向他与周语菲约见的地点——快捷酒店。

"我早预感到你快要来了。"周语菲一边开门一边叫道。

"嗯。"他说着,擦过她身边,进了房间。

"你见了我好像不太高兴似的。"她说。

"不高兴?"陈默不以为然地盯着她,眼中闪着情欲的光芒,"你知道这几天我有多想你吗?"

这是实话。七天没见,最初那种解脱感早已荡然无存,留下来的只是那种强烈的思念欲火。

热血涌上了周语菲的面颊,欢乐的潮水在她内心猛烈地激荡:"是吗? 那你回答我一个问题——你到底爱我还是不爱我?"

陈默用极其轻柔的声音说:"我爱你,很爱很爱很爱你。"

"那你为什么不早点跟我说?"她叫道,"为什么要胡扯那些自由、幸福啊什么的,叫我难过了整整一个星期。"

"亲爱的,是我的错,都是我的错。现在我宣布,陈默与周语菲之间的冷战到此结束,你看怎么样?"

"我同意了!"

说完,她突然搂住他的脖子,他感到她那柔软的双唇贴到自己的唇上。他想挣脱她的拥抱,但她却搂得更紧了。

"你要干什么?"陈默问道。

她脱掉上衣,解开腰带,双脚从裤筒里踩出来,做出无声的回答。

陈默微笑着看着她,不再问了。他知道,她需要他,跟他迫切地需要她一样。

除去衣服后的她全身光生生的,像绸缎。他的手摸到她那热乎乎的大腿和圆鼓鼓的乳房。他俩一起滚倒在床上,即刻就开始了……事完之后,他们非常安静地躺在一起,互相感到对方身上的热气传到了自己身上。周语菲埋怨似的说:"这是不是你们男人说的'快菜'?"

"对。"陈默说。

"感觉还不错。"她以深知其中滋味的语气说。

过了一会儿,不知怎么的,陈默居然想起了昨天的事情,于是他说:"对了,你还记得郑旻这个人吗?"

"郑旻?让我想想——你是说大学时那个怪人吗?"

"没错,就是他。"

"奇怪,"周语菲惊讶地说,"怎么突然想起他了?"

"昨儿他来找我了,你猜猜是为了什么。"

"我不要猜。这种事还卖什么关子,你直接告诉我不就得了?"

"为了林可妍。"

"天哪!"周语菲睁圆了眼睛,"这小子不会还在追求她吧?"

陈默笑笑,说:"我想是的。"

"他还真够顽强的,不过我觉得他这次还是会失败。"

"为什么这么说?"

"因为林可妍根本就不喜欢他呗。上学那会儿,她一直吊着他,就是觉得他这人挺奇怪也挺好笑的,想跟他玩玩。"

陈默心中突然涌入了一股莫名的、不舒服的感觉,问:"你怎么知道?"

周语菲神秘莫测地看了他一眼,得意地说:"我当然知道了。那时候我跟林可妍关系不错嘛。我记得很清楚,有一天下午,我跟她一起去学校后面的那段老城墙上玩,正巧碰到郑旻也在那里。林可妍跟我开玩笑,说要让我看看她的魅力。接着,她就转身朝郑旻走过去了。可还没走到呢,我发现她那时真正的相好方斌也上来了,我就把她叫回来了。"

"唉!"听完这个故事后,陈默重重地叹了一口气。

"干吗叹气啊?"

"你知道我在想什么吗?"

"在想什么?"

"我在想，这家伙真他妈的可怜。"陈默微笑着，对周语菲说。

听他这么说，周语菲也笑了。

后来，他俩都不再说话了。陈默突然有些庆幸，庆幸身边有周语菲。跟自己大不一样，她少年老成，不会把早已忘怀的梦一年又一年地藏在心里。而归根结底，梦也只不过是一种虚幻的东西吧，只能给人逃避现实的短暂快感。此刻，她用双臂从后面搂住他，她的脸蛋儿懒懒地贴在他背上，给了他一种踏实的安定感，驱散了郑旻给他带来的不快。

第十五章

跟周语菲和好如初的这几天里,陈默感到又轻飘又快乐。等到又一个周五时,他怀着愉快的心情给林可妍打了个电话。

"喂,林可妍吗?"他说。

"是啊,怎么想起给我打电话了?"电话那头的林可妍似乎很开心。

"想跟老同学叙叙旧呗。"

"你还挺有情有意的嘛。哎,对了,听说你现在跟周语菲在一起了?"

"嗯。"

"那你可要好好对她,不然我找你算账。"

"你今天就可以来找我算账。"

林可妍有点惊讶地说:"今天? 怎么说?"

"你晚上有空吗?"

"我有没有空,要看你告诉我的是一件什么样的事情。"

陈默笑道:"也不是什么重要的事。今晚有个小规模的同学聚会,有没有兴趣参加?"

"哦,当然有啦,具体的时间地点告诉我。"

"晚六点半,西湖边'绿意'茶馆。"

"好的,不见不散。"林可妍爽快地答应道。

"别带你老公来。"陈默又郑重地加上一句。

"什么?"

"别带魏家铭来。"

"谁是魏家铭?"那头的林可妍笑着,装傻地问道。

陈默也笑了:"好吧,那晚上见。"

"晚上见。"

傍晚,"绿意"茶馆的某个包厢中,郑旻和陈默坐在那里。

郑旻心不在焉地翻阅着一本老杂志,每当外面响起脚步声,他就一惊,仿佛一系列看不见却又触目惊心的事件正在外面发生。

这时,陈默的手机响了。"喂,林可妍,你到了?"

过了一会儿,他又说:"你在门口等着,我马上出去。"

然后,他挂了电话,对郑旻说:"她来了,现在我去接她。"

郑旻面无血色地对着他点了点头。

陈默出去了。很快,外面的走廊里响起了林可妍那诱人的嗓音。

"你是爱上我了吗?"她大笑着对陈默说,"要不然为什么非要我一个人来呢?"

陈默有点尴尬:"你马上就知道了。"

然后,门被陈默推开了。

郑旻面如死灰,站了起来,神色凄惶地看着她。有半分钟之久,一点声音都没有。接着,他说:"你来了……"

林可妍也愣住了。但反应过来后,她一句话也没说,就转身准备离开了。

这时,郑旻说话了:"等一下,我有话跟你说。"

林可妍停住,开口了,不过话却是对陈默说的:"这就是你说的同学聚会?"

陈默觉得脸有些发红。他看了一眼郑旻,说:"这——这是他硬要我这么做的——我实在拗不过他。"

"这事确实不怪他,"郑旻开口道,"我就是有几句话想跟你说,说完了就好。"

此刻,林可妍才把目光转向他:"好,你说吧。麻烦你快点,我只有五分钟时间。"

"足够了,你能坐下来听我讲吗?"

林可妍瞥了他一眼,最终还是坐下了。然后,郑旻和陈默也坐了下来。

"最近我一直在想我跟你的事情,后来我想到了一个好主意。"

林可妍面无表情地问:"什么主意?"

"你还记得你跟我提到过的舟山的那个小岛吗?"

"记得。"

"最近我正好存了一些钱,就算不上班挣钱也够两个人用半年……"

林可妍有点不耐烦地打断道:"你到底想说什么?"

郑旻盯着她,异常清晰地说:"你愿意跟我一起搬到那小岛上去住吗?"

"你……你说什么?"一阵短暂的静寂过后,林可妍禁不住笑出声来。

这句话也吓了陈默一大跳。但他瞥了郑旻一眼,从他脸上看不出一丝一毫开玩笑的迹象。

郑旻说:"我记得你跟我说过,那是唯一一个你愿意再去的地方,唯一愿意过日子的地方。你在那里拍照片都笑得特别开心,那为什么不搬过去呢?"

"因为……因为这里有我的工作。"

"你喜欢你的工作吗?说真心话,你喜欢吗?"

林可妍犹豫了一下,才说:"不喜欢。这工作挺傻的,一点乐趣也没有。"

"那你喜欢你老公吗?"

"不喜欢。"

"那你为什么还不跟他离婚呢?"

林可妍停止了回答，只是冷冷地看着他。

这时陈默用手碰了碰郑旻，插了一句："哎，放松点，没有人喜欢这么被纠缠着追问。"

郑旻回了他一个微笑，又接着说："我明白，我明白。我不再问了，因为我已经有了答案——"然后，他又把目光转向林可妍，"想玩过家家，就得去工作，就得找个人结婚。想要在自己的房子里玩过家家，就得干自己不喜欢的工作，就得找个有钱人结婚。要是谁来问，'你为什么要这么做？'那这人准是——准是从精神病院里跑出来放风的。"说着说着，他竟然自顾自地笑了出来。

"老同学，很抱歉——"陈默被郑旻这出人意料的话吓住了，尴尬地打着圆场，对林可妍说。

"没事，没事，"林可妍对陈默友好地笑笑，"实际上他说的话挺有意思的，我想再听听。"

然后，她又把目光转向郑旻："我有问题想问你。"

"什么问题？"

"什么问题？我可以说出一堆来。比如，我去那里能做什么？"

"你没看出来吗？关键就在于这个，你可以做之前你想做却没做成的事。你会有很多时间。"

"听起来太不切实际了。"

郑旻盯着她，脸上早已没了刚才的那种不自然。他不慌不忙地说："不，我告诉你什么才叫不切实际。让一个有梦想的女人日复一日地干着她不想干的工作，回到一个她不愿意待的家，面对一个自己不能忍受的丈夫，这才叫不切实际。"他看了看两人，见没有任何反驳，才又接着说，"你知道最糟糕的是什么吗？我们自以为比其他人特别，比其他人聪明，其实根本就不是这么回事。我们也一样理所当然地认为，到了年龄就应该工作、结婚，就应该结束自己的生活，安顿下来，然后，我们一直因为这种荒唐的做法而相互惩罚。可你有没有想过，其实有另外一条路能走。为什么要一直忍受下去？我们可以自己解围，摆脱束缚，远走高飞。"

听完这番话，在座的其他两个人都对他瞠目而视。陈默深感震惊，但没有显出吃惊的样子。但过了一会儿，林可妍却高兴得眉飞色舞，放声大笑起来。这是发自肺腑的笑，而不是装出来的。然后，她伸出一个指头指着郑旻，喘着气说："是……是我自己决定嫁出去的，没有……没有人逼我。再说了，谁说我有更重要的事情要去做？"

郑旻倏地站了起来。

"你别笑了。"他说，态度实在不同寻常。林可妍脸上的笑容一下子消失了。郑旻身材不高，也不壮实，但他现在那个样子，似乎突然散发出了一种莫名的、摄人心魄的威力。

然后，郑旻用不动声色的语气说："我告诉你这些话，是因为我觉得你是个有想法的女人。"

"你太高看我了,我只不过是个傻姑娘而已。"

"你不是。真实的你在生活中被一次又一次地否定,被压抑住了——"

"那我该是怎样的?"

"你该是个为自己而活的人。"

接着,房间里再度陷入寂静。林可妍若有所思地看着他,没有说话。

过了一会儿,她开口了:"五分钟早过去了,我要走了。你的这个主意,我会考虑考虑。"

"好。"郑旻说。

于是林可妍站起来,打开门,头也不回地走了出去。

林可妍出了包厢,就在走廊里看见了一个在左顾右盼的人。她不禁觉得心里一颤:这个人正是魏家铭。

这时,魏家铭也看见了她,就朝她走来了。走到她身边时,他笑道:"原来你真的在这里。"

"你怎么找到这儿来的?"林可妍面露不悦,"你在跟踪我吗?"

"没有,没有,"魏家铭连忙笑着辩解道,"我正好从这里经过,看见你的车停在下面,就上来看看。"

"是吗?"林可妍哼了一声。

"当然是了。你来这里干什么?"

"跟老同学来聚聚,叙叙旧。"林可妍正说着,就发现陈默与郑旻也从包厢里走了出来,于是她指了指他们两个,接着说,"喏,就是他们两个。"

魏家铭马上很有风度地迎上去,说:"你好,你好。"

林可妍则笑容可掬地把他俩请到自己面前,对魏家铭说:"家铭,这位是陈默,这位是郑旻,他们俩都是我的大学同班同学。"然后她又转过头,对他俩说,"这是我老公,魏家铭。他刚从外地出差回来。"

三人随随便便地握了一下手。魏家铭掏出了一支烟,朝陈默递了过去。

陈默微笑着摆了摆手,拒绝了。

接着,魏家铭又把烟转向了郑旻。但郑旻面无表情地说:"我不抽烟。"

林可妍看了魏家铭一眼,有些不高兴地说:"你没看到吗,这里是禁烟的。"

魏家铭冲她笑了一下,马上把烟盒装回了口袋。

陈默一边打量着魏家铭,一边笑着说:"你还是老样子。"

"我还是老样子？这么说你以前见过我喽？"魏家铭有些疑惑地说。

"嗯,在你们俩的婚礼上。"

"哦,那难怪,"魏家铭有些夸张地拍了拍脑袋,脸上露出了歉意,"我还在想我怎么会不记得你。陈兄弟,可不要怪我,那时候来的人实在太多了。"

"放心好了,怎么会呢?"陈默笑了起来。

"可不是嘛。"林可妍也微笑起来。

"陈兄弟,你结婚了吗?"魏家铭又问。

"没有。"

"那女朋友肯定有了吧?"

"嗯,有了。"

"她怎么样?"魏家铭充满爱意地看了林可妍一下,微笑着说,"跟我老婆比起来,哪个好?"

"你叫我该怎么回答这问题?"陈默有些尴尬地笑了笑。

魏家铭说:"我告诉你,不要耽误时间了,赶紧结婚吧。我现在是世界上最幸福的人,因为我娶到了世界上最好的老婆。最漂亮的女人我都见过了,可我还没看见过有比我老婆更美的呢。"

对于这个赞美,林可妍却显得无动于衷。她甚至是有些生气地回道:"好了,要是你再在这里乱讲,我就出去了。"

郑旻在一旁看着——此时,林可妍的脸泛上了一层红晕,魏家铭在语调中流露出的热情让她感到有些不好意思。但他也能看得出来,这个相貌平凡的魏家铭,不是一个能引起女人爱情的人物。林可妍眼睛里的笑容是含着无奈与怜悯的。她的稳重沉着中似乎也蕴藏着某种神秘。

"好,好,我不说了。"魏家铭果然立刻闭上了嘴巴。

"我累了,我们回去吧。"林可妍说。

"好的,"魏家铭赶忙说,"那么两位——再见了。"说完,又伸出手来。

陈默笑着跟他握了一下手。

"再见——"郑旻也跟魏家铭握了握手,"你有林可妍这样的老婆,真是好福气。"

林可妍有些愠怒地瞥了他一眼,而他却装作没看见。

魏家铭大笑起来:"哪里哪里……"

郑旻也客气地笑了。趁这个当儿,他又仔细地看了一眼魏家铭。他年纪有三十五六岁,胡须刮得很干净,一张光秃秃的大脸让人看着很不舒服。于是,郑旻不再奇怪为什么林可妍谈起她老公来总是有些不好意思了。对于一个怀着浪漫幻想的女人来说,他的确很难给她增添光彩。他只不过是一个善于社交的、索然无味的普通人。眼下,准备离去的魏家铭眼神变得有些涣散,显然藏有心事,但这心事究竟是什么,郑旻是没机会搞清楚了,因为此时他已经随林可妍一起走出了茶馆。

第十六章

　　这几天，郑旻和林可妍之间发生的这些事情，让陈默觉得若有所失。但跟周语菲分开的那段时间，孤独和欲望让他有些想通了。他已经二十七岁了。回望这二十七年的生活，还能够来往的单身男青年逐渐稀少，热烈的感情逐渐稀薄。他承认自己怀有一个梦，可人对梦想的坚持是有限度的。因此他也不再介意让自己那可悲的梦想随着眼前的城市灯火一并消失。此时，周语菲懒懒地挽住他的胳膊，跟他肩并肩走在去一家餐厅的路上，这或许才是最实在的。

　　到达目的地时，周语菲的父母已经坐在那里等着他们了。今天是周语菲妈妈的五十岁生日。

　　"阿姨，生日快乐！"陈默送上了带来的那束鲜花。

　　周语菲妈妈接了过去，笑逐颜开地说："谢谢啊，小陈。"

　　然后，陈默跟周语菲坐了下来。有一阵子特别安静，四人都不知道该说些什么。

　　最终还是周语菲的妈妈打破了沉默。她对陈默和周语菲说:"你们两个怎么了?吵架了?我这会儿正开心着呢,你们俩倒成一对闷葫芦了。"

周语菲有些尴尬地笑笑,说:"没有,我们没事——对了,妈,我姨怎么还没到啊?不是说今天她也要来吗?"

"放心!她说来就一定会来的,现在应该快到了。"

"妈,那今年她送你什么礼物了?"

周语菲妈妈伸出一只手,露出来的手腕上挂着一条金链子。她说:"喏,就是这个,漂亮吗?另外还有五千块现金。"

陈默紧跟着笑道:"是的,很漂亮。"

而她只是对他笑了一下,没有答话。

"我姨从来都没忘记你的生日,对吗?"周语菲接着说。

"嗯,再怎么说我们也是亲姐妹嘛。"周语菲的妈妈开心地回道。

周语菲的爸爸周军突然说:"这对她来说算什么?我要是她的话,会送给你一大笔钱的。"

"可是你没钱。"周语菲的妈妈马上回击道,"别忘了,在困难的时候,我们一直是依靠着她过来的……"

她本来还要接着说,却被周语菲给打断了:"我姨这次回来,准备待多久啊?"

"她只在家里待个三四天就又要出去了,听她说好像要去泰国一趟。"

周军哼了一声,说:"我敢肯定她又要跑来炫耀一番,然后再消失个两年。"

周语菲的妈妈看了他一眼,不服气地反驳道:"她很忙的,连坐在电视前看越剧和喝茶的时间都没有。"

这时,一个五十多岁的女人推开门,走进了包厢。周语菲妈妈看见了她,话也顾不上说了,马上冲过去拉住了她的手,激动地喊道:"姐,你终于来了!"

那女人倒显得很平静地说:"嗯,我来了。你现在过得好吗?"

"好,好,都很好,快来坐吧。"

那女人坐下后,目光很快落到了陈默身上。她扭头问周语菲的妈妈:"这个小伙子是……?"

"呃,这是语菲现在的男朋友,小陈。"

陈默微笑着对那女人说:"阿姨好,我叫陈默。经常听到您的大名呢,这次终于见到您了。"

那女人高兴地说:"是吗?小伙子很会说话嘛。"

周语菲的妈妈问道:"姐,你在海南的生意怎么样?"

那女人喝了一口水,又马上放下,说:"嗯,不错,很不错,你是不知道现在海南变化有多大。那儿是个让人振奋的地方。我在三亚还置了两处房子,到时候肯定会加倍赚钱的。"

周语菲问:"姨,安博表哥这次回来了吗?"

"唉,"那女人叹了口气,"别提我那不争气的儿子了,我现在都快被他烦死了,让他在我眼皮底下消失几天,倒也落个清净。"

"啊？出什么事了？"周语菲惊讶地问道。

"一言难尽啊。这么大一摊生意，我本来一个人就忙得够呛，可他倒好，不但不给我帮忙，还跑到外边给我惹一堆破事儿回来。前段时间刚出过一次车祸，他开的跑车跟一辆轿车撞在了一起。交警过来一查，发现他是酒驾。得！这下负全责，又是赔钱又是扣车什么的，到最后好一阵打点才没被关进去。唉！都怪他爸爸死得早，没好好管教过他。"

周语菲妈妈把一只手搭在她姐姐的手臂上，关切地问："这么多年了，你没想过再组建一个家庭吗？"

那女人有些不自在地低了一下头，又很快抬起头来，说："你们就是我的家庭啊。"

"话虽然这么说，但是姐，以后总得要有个人在你身边，我才放心嘛。"

那女人有点尴尬地笑了笑，说："我都一把年纪了，还说这个干什么？倒是语菲跟小陈，打算什么时候结婚？"

周语菲抢先道："还没想好，不过也快了，对吧陈默？"

陈默有些措手不及地答道："是——是的。"

那女人眼角带着笑意，盯着他说："小陈，你是做什么工作的？"

"我在一家出版公司做编辑。"

"是吗？"那女人惊喜地说，"我准备在杭州成立一个新

远走高飞

公司,正好缺像你这样拿笔杆子的文化人,你要是能来就好了。"

"这——"

"我知道,我知道,这要求太突然了。我还得考验考验你呢,这第一关就是看你对我这个乖外甥女到底好不好。小伙子,要我说,可千万别再犹豫啦! 赶紧把婚期定下来。像语菲这样的姑娘,现在可是打着灯笼也找不到了!"

周语菲羞红了脸,打断道:"姨,别再说了!"

她说这句话的时候,脸上的笑意却更明显了。

从餐厅里出来时,天已经完全黑了。陈默与周语菲走在马路上,很久没有说话。

陈默觉得,在"绿意"茶馆中,郑旻说的那些话好像激起了在他头脑里长期存在的一些怪想法——他总觉得大多数人这样度过一生好像欠缺点什么。他们从小被教导要好好学习,长大了找一份安稳的工作。然后,他们就开始为自己的老板干活,为向他们提供房贷车贷的银行干活。这种表面上的安详宁静好像包含着某种叫他惊惧不安的东西。其实,他更渴望一种冒险的生活。他的血液里有这么一种愿望,渴望一种更不羁的旅途。而现在,如果他的生活中有什么变迁和无法预见的刺激,他还会毫不犹豫地踏上怪石嶙峋的山崖,奔赴危机四伏的险滩吗?

第十六章

这时,周语菲有些好奇地问道:"在想什么呢?"

"我在想郑旻和林可妍之间的事情。"

"什么?"周语菲惊讶地说,"他们俩还在纠缠不清吗?"

"是的。"

"真搞不懂这个郑旻到底什么毛病,我从没见过像他这样的死脑筋。"

"别这么说他嘛,"陈默笑了,"我看他是等得太久了。他其实是非常顽强的。"

"但死缠烂打对林可妍这样的女人是没有用的。"

"为什么这么说?"

"因为我了解她呗!"周语菲很有把握地对他笑了笑,"要说她还会喜欢上什么人,那这个人只有可能是方斌。"

"方斌是谁?"陈默惊讶地问道。

"你什么记性!我不是跟你说过吗?"

"是吗?我忘了。"

"就是她的那个初恋呗。大学那会儿,他们俩爱得死去活来的,但后来方斌比她早一年毕了业,去国外留学了。你也知道的嘛,时间一长,感情就容易出问题,最后他俩就和平分手了。但林可妍对他一直没有忘情。她嘴上没说,大家却都看得出来。"

"我倒觉得她也挺可怜的。"听完这些,陈默突然很有感触地说。

"是啊,跟自己不喜欢的男人生活在一起,当然不会好过了。"

"那她为什么还要跟魏家铭结婚?"

"我哪儿知道!"周语菲漠然一笑,"当初魏家铭追她的时候,我们都没料到他们最后会结婚。"

"是啊,我也觉得奇怪。"

"其实也没什么好奇怪的。那时候他三天两头跑来找她,又是送她香奈儿腕表啊又是古驰包啊,时不时还来一顿烛光晚餐、送个九十九朵玫瑰什么的,我觉得没几个女人能经得住这阵势。"

"这个倒是。魏家铭的确对她很好。"陈默想了一下,说。

"他能这么用心,大概也是真喜欢她了。"周语菲用深以为然的目光看了陈默一眼,接着说,"我猜林可妍会接受他,大概也是因为明白这样等下去太累了。她的生活里也应当有点安慰。"

陈默点了点头,表示同意。

这时,他们走到了一座小桥上面。趁着夜色,陈默搂住了周语菲的肩膀。忽然之间,他想的不再是郑旻与林可妍,而是眼前这个结实、自然、脑子里没有那么多其他想法的人,她只关心自己眼前的这一片小天地,而对这世间另外的一切都抱着一种漠不关心的态度。她靠在他伸出的胳膊上,一句已经忘了出处的格言开始在他耳旁回响:"世上只有被追求者和追求者,忙碌的人和疲倦的人。"

跟郑旻不一样,他眼前没有什么旧日情人的面影在缥缈浮动。周语菲那张丰满的嘴嫣然一笑,让他怦然心动。于是他把她拉得更近一些,这次一直拉到贴着他的脸。

第十七章

深夜,郑旻躺在那里。昔日的幻觉闪现在他眼前,稍纵即逝。那是一个珍贵的幻觉。灰色的天花板就在脸上方。黑暗中,除了孤独,别无所有。他处在万物的中央,躺在床上安息。外面,始终是茫茫的昏暗,是严寒,是死亡的孤寂。

独自一人时,唯有思绪伴随左右。眼下,林可妍又从他脑海深处钻了出来。在梦中,他觉得普天之下无论是谁都不及她更可亲。等醒来之后,他不禁想到,其实他也像有些人,走遍天下也要亲眼见见他们心目里的洞天仙府,总以为现实生活中也能消受到梦境里的迷人景象。不过他也知道,如果他远离了林可妍,她在他的记忆里就会逐渐变得模糊,但她给他的那种感觉却正如她的倩影一般,在他心海之中永远埋藏,并伺机而动。

儿年来,他在这座城市中往来奔波。在这些风风雨雨的日子里,他一边做着自己的梦,一边干着仅能糊口的生计。他瞧不起那些物质的年轻女子。她们脸上常常带着因愚昧无知而显露出的自鸣得意,她们会为了一些事情钩心斗角、大吵大闹。

他也明白,林可妍或许跟那些女人没什么两样。但如今遇到她、梦到她时,他心中还是有曾经那种扣人心弦的、强烈的情调。他知道,在学生时代,有很多男人爱过她、追过她。这也使他激动——这在他眼中抬高了她的身价。空气中弥漫着仍在颤动的旧日感情的阴影和回声。

现在,他在想,自己可能再也见不到她了。念及此处,他只觉得心中涌入一阵剧烈的绞痛。然而这时,他的手机却响了,居然是林可妍打来的!

他觉得自己的手一阵哆嗦,赶紧按下了通话键:"喂?"

"你在干什么?"林可妍单刀直入地问。

"没干什么,准备睡觉了。"

"明天有空吗?"

"有。"

"那好,我要见你。"

"怎么突然又想见我了?"

"我有件事要跟你说。"林可妍的语气很低沉、很平淡,不带任何感情色彩。

"什么事?"

"我要当面跟你说。"

"那好,我们在哪里见面? 你定。"

远走高飞

"明天晚上七点,我去你那里找你。"

说完这句话,林可妍就挂了电话。

第二天却一直在下大雨。快入夜时,雨才渐渐变小了,变成了湿漉,还不时有几滴雨水像露珠一样在雾里飘着。

将近七点的时候,他的门被林可妍推开了。她脸色煞白,头发湿漉漉的,眼圈有些发黑,看得出是没睡好的缘故。

郑旻站了起来,看着她说:"你来了? 坐吧。我去给你倒杯热水。"

"我怀孕了。"林可妍开门见山地吐出了这几个字,打断了他。

一阵静寂。时间长得可怕。

"什么? 你说什么?"郑旻好像没听清似的问道。

"前几天我去医院里检查过了。医生说,我怀孕了。"这次林可妍一字一顿地说。

"哦……那真是恭喜你,要做妈妈了。"

"这孩子是你的。"

一阵短暂的沉默。

"我的?"郑旻的声调突然变得有点尖,"怎么可能?"

"怎么不可能?!"林可妍爆发了,冲着他声嘶力竭地吼道,"你从哪里看出不可能了?!"

"难道不是魏家铭的吗?"

"魏家铭?"林可妍冷冷地笑了一下,喃喃道,"不可能。"

"你就这么肯定?"

"已经有半年了,他根本就没碰过我。"

"那——那会不会是其他男人的?"此刻,郑旻觉得自己已由当初的慌乱逐渐镇定了下来。出了这样的事情,他那本已乱七八糟的思路反而恢复了。

林可妍恶狠狠地盯着他,说:"郑旻,你什么意思?"

"你先平静一下,不用生气,我只是就事论事。因为我也知道,你有过的男人不只是魏家铭和我。"

林可妍顿时涨红了脸:"好,既然你这么说,那我不妨告诉你,只有跟你的那第一次,你——"

郑旻一下子愣住了。转而他又明白了:如果林可妍说的都是实情,那么只有那一次,她才有可能怀孕。

时间再次进入停滞。又过了大概半分钟,郑旻才沙哑着声音说:"那你打算怎么办?"

林可妍露出苦涩的笑容,眼泪也顿时止不住地从眼眶里涌出:"怎么办?怎么办?我不知道。"

接着,她用双手捂住了脸,颓然坐在了沙发上,开始低声抽泣起来。她已经过了崩溃的状态,眼下正进入第二期——在之前,她一定是咬紧了牙关在控制自己的情绪。此刻,由于反作用,她像一只发条上得太紧的时钟一样精疲力竭了。

郑旻站在原地,觉得自己有点手足无措。过了一会儿,他过去,坐到她旁边,想把手搭在她的肩膀上:"别难过了,我们一起想想办法,好吗?"

谁知她猛地抬起头来,推开他伸过来的手,喊道:"走开,别碰我!"说完,她的眼眶又涌出了泪水。

突然间,郑旻觉得一股寒气从心底里冒了出来。他想了想,说:"好,好,趁着这个机会,我想澄清几点,可以吗?"

见林可妍没反驳,他继续说:"第一,你怀孕也不全是我的错,因为是你先主动的,对吧?第二,你老公跟你感情不好,也跟我完全没关系,对不对?"他的声音越来越大,"第三,我可不像那个方斌一样,是个愚蠢的、任你玩弄的男人!自从你进到这个屋子,就一直把错推到我头上,我可没那么笨!第四——"

这时,林可妍什么也没说,就蓦地站起身来往门口走去,同时把颤抖着的手伸向了门把手。

"林可妍!林可妍!"郑旻一边冲着她的背影大喊着,一边敏捷地冲过去,抓住了她的胳膊,"别走,我只是想跟你好好谈谈这件事情。"

林可妍一下子甩开了他的手,对着他喊道:"是吗?你真好,你对我还真是好!我早就看出来了,你也不是什么好东西!事先口口声声爱得死去活来,等出了事,自己该得到什么,不该得到什么,早就算得明明白白的了,是不是?你这个——你这个浑蛋,让开!"

第十七章

说完，她又挣扎着想离开。

但郑旻还是抢先一步靠在了门上："等等，等等——林可妍，你给我听着，这次你再也不能随便歪曲我的本意了，因为碰巧这次我很清楚，我绝没有做错任何事！"

"你给我让开！让我出去！"林可妍绝望地哭道。

"我不让！"郑旻觉得一股悲愤的暗流从内心深处彻底涌了出来，让自己的语调也变得哽咽了；他紧紧抓住了林可妍的双肩，两只眼睛死死地盯着她，说："你听着！我没在推卸责任，是你根本就不给我承担责任的机会。因为——因为你根本就看不起我，因为我是个该死的穷光蛋！你看不起我，你觉得我配不上你，都可以。但——但要说我跟其他男人有什么不同，那不同的地方只有一点：我对你有一颗至死不渝的心！"

这番话说罢，他也不自觉地泪流满面了。

两人再度陷入沉寂。林可妍呆呆地看着他，说不出一句话来。

过了一会儿，她开口了，语调又恢复了之前的那种平静："好了，我累了，你让开，我要回去休息了。"

"好。"这一次，郑旻顺从了。

于是林可妍打开门，走了出去。

林可妍走后，郑旻似乎一下子泄了劲。他靠在墙上，双眼怔怔地看着窗外暗夜中的那一片虚空。等回过神来时,他看见了林可妍丢下来的伞。外面的雨声还在响着,他捡起那把伞,就冲了出去。

到了外面,他茫然地搜寻着,发现前面有一个模模糊糊的人影。于是他一路飞奔过去。那人影正是林可妍。

昏黄的路灯下,密密麻麻的雨点从天空中连续不断地落下来,在地面砸出了无数个同心小圆圈。

林可妍一个人走在雨中。雨幕仿佛在她面前分开,让出了一条道路。而郑旻站在那里,望着她渐渐远去的背影。

终于,他还是追了上去,给她撑起了伞,然后说:"你开车来的?"

而她只是看了他一眼,摇了摇头,没有说一句话。一缕潮湿的头发贴在她面颊上,像抹上了一笔黑色的颜料。

他不再开口了,只是跟她一起并肩往前走着。

就这么走了一会儿,他觉得气氛有些缓和了,才说:"你觉得好些了吗?"

她勉勉强强地说:"嗯。"

他惊喜地看着她,说:"你终于肯说话了?"

"我说话了,你很高兴吗?"

"当然了,不但高兴,而且紧张。"

"紧张?"林可妍忍不住问道,"为什么?"

郑旻有些尴尬地笑笑,双眼望向夜空,回忆道:"我觉得现在我还是跟几年前一样。那时我想,如果能跟你一起在雨中漫步,该是一件多浪漫的事儿。没想到在今天用这样的方式实现了,我还是能感受到当初的激动。"

林可妍不禁微笑起来,说:"我有那么大的能量吗?"

"你有,"郑旻觉得她的微笑是一种鼓励,就又说,"你还记得大学时候吗?"

"那时候怎么了?"

"那时候,每天早上八点,我都会按时来教室,挑一个最后一排的位置坐下来。"

"为什么?"

"为了能看到你的背影。"郑旻看了一眼林可妍。

"这种怪事也只有你才做得出来。"林可妍的容颜渐渐舒展开来。

"你也觉得我怪吗?"

"你很让别人捉摸不透。有时候我觉得你很傻很幼稚,有时候又觉得你城府很深。"

"我城府深?没有的事,"郑旻笑道,"说到底也不过是因为没人愿意认真了解我罢了。我觉得自己本性上只是个地地道道的小孩子。"

"小孩子?"

"嗯,小孩子。我只想要一份简简单单的生活,简简单单的爱情。我只想要身边的人能相互理解,不要再争执,不要再相互伤害。"

林可妍苦笑道:"可这是不可能实现的。"

"我知道,"郑旻盯着林可妍,继续轻言轻语地说,"但不管怎么说,这正是我的梦想,就跟你也是我的梦想一样。在前两年,我就想,或许有一天,我还能重新见到你。现在这一天真来了,我才发现自己一直都没忘记你。"

"有这么夸张吗?"

"一点也不夸张。那是因为林可妍这个名字,已经跟我在梦想中的那个人联系在了一起。在我心里感受爱情的那个位置,也印上了你的形象,再也擦不掉了。"

林可妍看了一下他,突然说:"我好像明白你是什么样的人了。"

"说说看,我是什么样的人?"

"你一直独来独往,沉浸在幻想里,就是不能适应现实,对不对?"

郑旻没有马上回答。他想了一会儿,才指了一下路边那一排灯火通明的店铺,说:"你看一下那边,告诉我你看到了什么。"

林可妍疑惑地扫了一眼,说:"我看到了每天都看到过的东西。"

"设想一下你从来都没见过这些东西,想象一下你是在另外一个地方度过一生会是什么样子。想想现在过的这种日子,你明白到底是在为了什么而活吗?"这时,郑旻低了一下头,又把头抬起来,指了指店铺里的那些人,说:"再看看这些人,告诉我他们哪一个是自由的。"

林可妍又不由自主地看了一眼。她看到了便利店里那个眼神呆滞的收银员,看到了眼镜店门口那个木然站立的迎宾小姐,看到了懒懒靠在沙发上独自发呆的烟酒店老板,看到了房产中介门店里那个不停地打着瞌睡的青年小职员。

"焦虑、压力、恐惧、空虚、无奈、绝望,就写在他们脸上。"郑旻一字一顿地接着说,"我们跟他们又有什么不同? 有多少人日复一日地做着同一件事还不觉得枯燥,又有多少人真正喜欢自己现在过的生活。说到底,我只不过是想为自己争取一些自由罢了。"

林可妍不再开口了,似乎是在想着一些事情。

过了好一会儿,她才说:"你知道吗,现在我觉得你出的那主意是个好主意了。"

"主意? 什么主意?"

"搬到那个岛上去住。"

"好吧!"郑旻笑了笑,"我只想让你明白,无论发生什么事,我都会在你身边。"

"好的,我知道了。"

这时,林可妍在路边停了下来,挥手拦下了一辆出租车。

车停了,她拉开车门,坐了进去。

"这个给你。"郑旻把伞合上,递过去。

她伸出一只手接过伞,说了一声:"好。"

然后,她把车门关上了。很快,车开走了,只留下郑旻一个人站在雨中。他觉得,空气中仿佛还残留着林可妍身上那种若有若无的馨香。从这馨香里,他揣测自己是想要重新获得一点什么东西,或许是某种渗入他对林可妍的痴恋中的、关于他自己的思绪。不知从什么时候开始,他的生活一直是凌乱不堪的,但如果他一旦能回到某个出发点,慢慢地重新走一遍,也许他能够发现那东西是什么。

这东西,到底是什么呢?凭着一种对新生活的热望,他只觉得至今一直像只粉红翅膀的大鸟,在变幻莫测的云彩中翱翔的神奇的爱情,终于被他一把攫住了——而现在,他简直无法想象,这种生活,竟然就是他梦寐以求的幸福。

第十八章

这天凌晨,陈默得到消息:徐泽洋的儿子出生了。当天下午,他就与周语菲一起来到医院妇产科看望他们一家人。

进了产房,陈默把带来的礼品顺手递给了徐泽洋。

徐泽洋接过来,脸上带着笑意,说:"你们太客气了。来就来吧,还带什么东西。"

陈默也笑着说:"应该的应该的,难道你想让小晨晨说我这做叔叔的是个小气鬼吗?"

"怎么会?他还什么都不懂呢。"

这时,周语菲走到病床边,对躺在那里的刘静说:"嫂子,你现在觉得怎么样?"

刘静冲她笑了笑,说:"累是累了点儿,其他都还好。"

"哎,嫂子,"周语菲突然狡黠地一笑,"我想问问你,生孩子是什么感觉?"

"疼。"

"疼?有多疼?"

"你想象不出来的疼。"

"哦,是吗?"周语菲若有所思地说,似乎有点被吓住了。

看到她那副表情,刘静笑了:"看把你给吓的,其实也就是一个很自然的过程,没那么恐怖的。你让陈默抓点紧,也来体验一下,不就知道了?"

"嫂子! 我还早着呢,"周语菲嗔怪道,"我跟他都还没结婚呢。"

"那还不快点把事儿办了? 你们俩的份子钱我早就备好了,再不让我送出去,我就拿这钱给小晨晨买奶粉了。"

周语菲笑道:"那就买呗,我不介意的。对了,小晨晨呢,快让我看看。"

徐泽洋指了指旁边的一张小床,一脸幸福地说:"喏! 在那里。"

周语菲与陈默一起走到小床边,看到了这个刚刚降生不到一天的小生命。

小家伙脸上的皮肤还显得皱巴巴的,脑袋上只有几根乱乱的头发,小脚也只有大人的大半个食指那么长。现在他眼睛紧闭着,正在睡觉。

"原来刚出生的婴儿才这么点儿大啊?"陈默惊讶地说。

"你以为呢?"

"我没什么概念,我还是第一次见。哎,采访你一下,当爸爸是什么感受?"

第十八章

"感受？我的感受就是以后估计再也没机会跟你一块儿出去骑车了。"徐泽洋笑着说。

陈默愣了一下，说："是啊，现在你已经从家庭煮夫升级成为超级奶爸了。"

徐泽洋幸福地笑道："是的。你还不快点儿？我可是甩你两个等级了。"

但陈默笑了笑，没有答话。

两人说话间，周语菲蹲下身来，一直在目不转睛地看着徐泽洋的儿子。这会儿，婴儿的脚动了一下，她就马上指着他，说："快看，小晨晨在动！"

然后，她小心地捧着小晨晨的脚，兴奋地扭过头说："看这小人儿！想想他会从这么小长成那么大，真是太奇妙了，对吗？"

"嗯，嗯。"陈默答应着，同时在她脸上看到了一股闪动着的、超自然的母性光辉。

从五楼的妇产科下来，陈默与周语菲到了医院大厅。

"小孩子真可爱，是吗？"周语菲说。

"嗯，是的。"

"你喜欢孩子吗？"

"这还用说吗？"陈默微笑着看了看她，反问了一句。

"那你想要个男孩儿还是女孩儿？"

陈默想了想，说："女孩儿吧。"

"为什么？"

"都说女儿是爸爸的贴心小棉袄嘛。"

周语菲笑了起来："我也觉得女儿好。"

陈默回了她一个笑，没有回答。

过了一会儿，周语菲又说："你知道吗，我爸妈想让我们俩尽快结婚。"

听她这么说，陈默吓了一大跳。他生硬地回应道："是真的吗？我不相信你爸妈会这么说。"

"是真的。"周语菲肯定地说。

"这不可能啊，他们明明对我的印象不好。"

"但我姨回家后跟他们说，你给她留下的印象很好。"

"那又怎么样？你又不是她的女儿。"

"她劝我爸妈说，让我早点结婚。这样她就会把自己在杭州的一套房子过户给我，当我们俩的婚房。她还说等我们结了婚后，要给你安排个好差事呢。"

"差事？什么差事？"陈默吃惊地问。

"你忘了？她跟你说过的，她准备在杭州开一家新公司，打算让你去做主管策划宣传的副总。怎么样？我姨厉害吧？"周语菲有些得意地说。

而陈默没有接她的话："然后你爸妈就同意了？"

"同意什么？"

"你跟我的婚事啊。"

"嗯,当然了。这条件可是够丰厚的,你觉得他们拒绝得了吗?"

陈默暗自吸了一口气,又问道:"那他们想让我们什么时候结婚?"

"我姨说越快越好,最好就在这半年内。"

"半年内?"陈默顿时感到一阵眩晕,禁不住惊叫了出来。

"怎么? 你不想吗?"周语菲看着他,生气地说,"早知道你会有这样的反应!"

"没……没有,"陈默定了定神,"我只不过是觉得太突然了。"

"那就好。"

"哎,我想问你一个问题。"

"什么问题?"

"你就那么想结婚吗?"

周语菲白了他一眼,说:"你这是什么话! 不是我想结婚,是我觉得确实到该结婚的时候了。不少同学早就当爸妈了,我们再不快点,可真要落下了。"

陈默正要回答,却发现前面有一对熟悉的身影。他仔细一看,居然是郑旻和林可妍! 眼下他们正手挽着手,有说有笑地走在一起。

等回过神后,陈默赶紧碰了碰周语菲,说:"快看,前面那两个人是谁？"

周语菲向前望去。等看清楚了之后，她惊叫道："天哪，我没看错吧？是他们俩！"

这时，林可妍也看到了他们，脸上闪过了惊慌的表情，等想躲开的时候，已经来不及了。

周语菲冲她招着手，喊道："可妍，可妍！"

林可妍跟郑旻站定后，四人终于走到了一起。

"语菲，好久不见。今天真是巧，你们来这里干什么？"林可妍很有礼貌地微笑着。

"他一个朋友的儿子刚出生了，我们来这里看一下。"周语菲指了一下陈默，又问，"你怎么会在这里？"

"我……我……"林可妍支支吾吾地答不上来。

"她觉得身体有些不舒服，我陪她来看看。"郑旻说。

但周语菲用一种好奇的眼光看着他，没有答话。

陈默打着圆场说："难得老同学一聚就是四个。正好现在也是饭点儿，一起去吃个晚饭，我请客，怎么样？"

林可妍说："不用了吧，不好意思让你破费——"

周语菲笑着打断她："可妍你也真是的！跟我们还客气什么，一顿饭吃不穷我家男人的。"

陈默也马上说："是啊，尽管来就是。"

"那——好吧。"林可妍答应了。

在一家餐厅里,四人坐了下来。

很快,服务员端上来了一盘炸得金黄的鲜虾。陈默招呼着:"这是这家餐厅的招牌菜,来,一起尝尝。"

林可妍吃了一口,赞道:"确实挺不错的,我开始感觉到饿了。"

周语菲用神秘莫测的目光看着她,微笑着说:"可妍,你看上去气色很好。是不是有什么事要告诉我们,一些新闻什么的?"

林可妍只是对她笑着,没有回答。

郑旻接上来,说:"是的,我们的确有很重要的事情准备去做。"

周语菲轻拍了一下桌子,说:"看吧,我就知道。"

"要不你来说吧。"郑旻转头对林可妍说。

"还是你说好了。"林可妍有些不自在地看了看他。

"那好吧——我们要搬走了,一起搬到舟山的一个小岛去住。"

听了这句话,周语菲惊得张大了嘴巴:"什么? 你们俩? 到小岛上去住?"

"是的,"这时候,林可妍解释道,"我告诉你们实话吧。我现在有了郑旻的孩子,所以我已经决定跟魏家铭离婚了。"

"什么?! 你怀了他的孩子?"

"是的,我们刚才就是去医院做检查的。"

过了好一会儿，周语菲才接着说："说实在的，你跟你老公离婚，我不觉得奇怪。你怀孕倒也罢了，但你要搬到岛上，这是为什么？"

"为什么？"林可妍笑道，"因为这是我一直以来的梦想，因为那里很美很清静。"

陈默突然插话道："你们什么时候定下来的？"

林可妍犹豫着答道："就在前两天吧，我也记不清了，我们是突然决定的。"

周语菲说："让我猜猜，你们是在那里找到什么神秘的新工作了，所以才要搬过去，对不对？"

林可妍笑道："没有，没有。"

"那你们去那里做什么？"

"我准备学习、读书什么的，我要弄清楚自己这辈子到底想要做什么。而且那里的生活成本很低，我们可以很长时间都不用去工作，对吧郑旻？"

"是的，是的。"郑旻笑了笑。

陈默与周语菲都错愕地看着眼前这两个人，谈话出现了一阵短暂的停顿。

这时候，郑旻打破了沉默，说："说真的，我们只是希望生活能有所改变而已。我们已经不再年轻，不想再浪费自己的生命了。"

"听上去很美好。"周语菲点点头，认真地说，"真的，太美好了。"

"谢谢你能这么说。"郑旻微笑着答道。

"那——我们一定会想你们的,是吧?"周语菲转头对陈默说。

"是的,当然。"陈默举起了酒杯,提议道,"我们是不是应该干一杯? 为了你们的新生活。"

林可妍跟郑旻相视一笑,也拿起了杯子,说:"为了新生活。"

然后,四人的杯子碰在了一起。

第十九章

  与郑旻和林可妍偶遇后的几天内，陈默都觉得自己的心无法平静下来。他在想这两人的故事，思索他们之间到底发生了什么。可思来想去，得出的结论也都只是猜测罢了。感情问题是极其复杂的，他又怎么能解开这个谜呢？

  接下来的好几个星期里，他都没再跟郑旻见过面。

  这天晚上，周语菲来到了他的住处。两人吃完了饭，坐在一块儿聊天。

  "现在还有郑旻和林可妍的消息吗？"周语菲问。

  "没有。"陈默看了她一眼，"怎么想起他们来了？"

  "我只是好奇他们俩为什么能凑到一起。"

  "是啊，刚开始我也有点不敢相信，但仔细想想，林可妍的行为还是能够解释的。"

  "怎么解释，你倒是说说。"周语菲惊讶地盯着陈默。

  "她没得选择啊。她不是怀了郑旻的孩子吗？"

  周语菲不屑地笑了笑，说："谁知道这是真的假的。"

　　"我看不像是假的。你也知道嘛,她对魏家铭从来就没什么感情。她跟他结婚,只是因为他能给她提供一份安适的生活罢了。"

　　"这不挺好的吗?"

　　"好是好,但说到底,这种感情是什么呢?"

　　"是什么?"

　　陈默想了几秒钟,但最后又放弃了:"算了,我也不知道该怎么去说。"

　　周语菲也若有所思了一会儿,才说:"你知道我是怎么想的吗?"

　　"你怎么想的?"

　　"我觉得他们的计划太不成熟了。"

　　"你是说他们要搬走的计划吗?"

　　"是的。"

　　陈默深有同感地说:"是啊,我也一直这么想。说实在的,我真不敢想象他们俩生活在一起会是什么样子。"

　　周语菲笑道:"对啊,我也不明白。林可妍的脑子一定是出什么问题了。"

　　这时,外面突然响起了一阵急促的敲门声。

　　"奇怪,这时候谁会来呢?"陈默一边咕哝着,一边不情愿地起身去开了门。

　　门开了,站在门口的居然是魏家铭。

"我可以进来吗?"他喘了一口气,问。

楼道里光线很暗,陈默看不清他的表情,但魏家铭说话的声音却让他吓了一跳。

陈默急忙答应道:"当然可以。"然后他就把魏家铭领进房间里,叫他坐下。

"陈兄弟,这位是……?"魏家铭看着周语菲,"奇怪,看起来很面熟,好像在哪里见过似的。"

陈默说:"哦,这是我女朋友,周语菲。"

周语菲对魏家铭笑道:"可恶,你连我都不记得了?你跟可妍结婚的时候,我还是伴娘之一呢!"

魏家铭不好意思地拍了一下脑袋,也微笑着说:"我的错,我的错!瞧我这记性。她的小姐妹儿我实在是认不全,见谅,见谅!"

"那下回可要记住了!"

"一定,一定!"接下来,魏家铭把目光转向陈默,"谢天谢地,总算找到你了。"

"你怎么找到这儿来的?"

"我打听了很多人,才知道你住在这里。"

"找我有事吗?"

"我不知道该到哪儿去,"魏家铭突兀地说了一句,"刚才我来了一次,你不在。"

"我今天回来得有些晚。"陈默说,"出什么事了吗?"

此时,魏家铭看上去开始沮丧起来。他的脸涨得通红,样子显得非常奇怪。他的两只手也一直在微微地哆嗦。

"我老婆一定是出什么事了,我有预感——她想离开我了。"他费了很大力气才把这句话说出来。

"什么?"陈默故作吃惊地问道。

"我觉得她要离开我了,她这几天都不怎么跟我说话。"

"别难过了。女人们的脾气你还不懂吗?她们一时说的气话,也千万别太当真。"

"你不了解——她爱上别人了。"

"什么?不会吧?"

"你不了解。"魏家铭喃喃地重复着。

"我当然不了解,但你坐在这里也解决不了什么问题。听我说,去跟林可妍好好谈谈。如果你自己把事儿办糟了,那就放下架子,跟她道个歉。我认为林可妍不是那种爱记仇的女人。"

"好吧,既然已经找到了这儿,那我就跟你好好谈谈。那个郑旻究竟是谁?"魏家铭突然质问陈默,"林可妍以前的男朋友?"

"你从哪儿听来的?"

"我不是听来的,我猜的。"

"郑旻可不是。"陈默定了定神,想了一下,才说。

"你能带我去找他吗?"

远走高飞

"带你去找他?"陈默瞪大了眼睛,说,"不行,不行。"

"放心,不会有事的,我就想跟他说几句话。"

"我知道,我知道,但你跟他能说些什么呢? 你不了解郑旻,他是个不太喜欢讲话的人。"

"这个不用你操心,走吧,现在就去。"

陈默有些不情愿地随魏家铭下了楼,上了他开来的黑色轿车。车子很快启动了,汇入了长长的车流。

城市大楼的顶端高高地插入薄雾之中,像发着微光的巨型梯子。临街那些由混凝土和玻璃构成的巨大墙面,俯瞰着车水马龙;眼前都是石头、钢铁和霓虹灯,却没有人的脸庞。

开始,两人一直都没说话。

"你以前跟林可妍是同班同学吗?"这时,魏家铭突然瞥了陈默一眼,问道。

陈默吓了一跳,说:"是的。"

"你觉得她是个什么样的人?"

"她是个好女孩儿,我们大家都很喜欢她。"

魏家铭不置可否地笑了笑,说:"是吗?"

"当然了。"

"那你知道她跟方斌的故事吗?"

"听说了一点。"陈默小心地答道。

"我是在他们分手后不久认识她的。"此刻的魏家铭,语调里已完全没有了平日里那种善于套近乎的市井之气,他接着说,"我记得很清楚,那时候她在我一个朋友的公司里实习,就是我那个朋友介绍我们认识的。"

"后来你们就谈恋爱结婚了?"

魏家铭的脸上露出了痛苦的表情:"我觉得她只是在想结婚的时候恰好碰见了我而已。刚跟方斌分手那会儿,她渴望做出一个决定:她要解决自己的终身大事。这个决定做了之后,她就跟我结婚了。"

魏家铭谈起了他与林可妍的那些故事。陈默想,此时眼前的这个人也许什么事情都可以毫无保留地说出来,但他只想谈林可妍的事。

"那时候她并不爱我,这我是知道的。"他接着说,"但我他妈的不知道怎么就被她迷住了。我没办法向你形容我发现爱上了她以后自己有多么惊讶。有一阵子,我甚至希望她把我甩了,但她没有。她认为我懂很多事,因为我懂的和她懂的不一样——唉,我就是这样,每一分钟都越陷越深。后来,忽然有一天我也什么都不在乎了。如果我能从她那里得到更大的快乐,那我又何必去担心别的事呢?"

"结婚这些年来,我对她非常好。我相信她对我还是有感情的,"魏家铭转过身来,用挑战的神气看着陈默,"如果那个郑旻真的跟她有什么瓜葛,我相信她最后还是会回到我身边的。"

陈默说:"她跟郑旻之间究竟有什么事情,我不是很清楚。你为什么会怀疑他呢?"

"要是一个男人爱自己的女人,他自然就能发现一些可疑的迹象。"接着,魏家铭又说出了一句很奇怪的话,"不过无论怎样,这只是个人的事。"

陈默仔细听着,不知道该怎么去理解他这句话里背后的意思。他猜,或许魏家铭对林可妍仍怀有一种无法估量的强烈感情。

"难道你就这么爱她?"陈默屏住呼吸,望着他,问道。

"我该怎么回答你呢? 你都看见了,她让我做什么,我就得做什么。"魏家铭仍旧带着原先那种凄苦的微笑,"我也知道自己很傻,不应该像这样爱一个人——我过去就知道,甚至在觉得最幸福的时候就预感到,她说不定会给我带来痛苦和灾难。但我又有什么办法? 难道我跟她结婚是为了寻求欢乐吗? 只要她能跟我在一起,只要我能看着她就可以。"

"如果——我是说如果——她真的跟郑旻发生了什么事情,你还会爱她吗?"

听了这话,魏家铭迟疑了一下,又接着说:"我会。那家伙不是一个能给她幸福的人。这件事不会一直持续下去的。"

"你说得也没错,"陈默笑了笑,"但大多数男人都不是这种心理,要他们大度地对待这样的事也是很困难的。"

魏家铭说:"我会原谅她的。我把话说出来心里反而痛快一些。她跟郑旻走得很近,我在一个月之前就知道了,在她自己还不明白是怎么回事以前我就知道了。"

"那你为什么不跟她挑明呢?"

"我不相信,我认为这是不可能的。这种事根本不可能。我本来以为这是我的嫉妒心在作怪。我的嫉妒心很强,但我从不轻易表现出来。她认识的每一个男人我都嫉妒,连你我都嫉妒。我知道她不像我爱她那样爱我。但她允许我爱她,这样我就觉得很幸福了。可当我从外面回来以后,我发现她并不需要我。当我走过去吻她的时候,她会下意识地躲着我,还会微微地皱起眉头。我认为只要自己假装什么都没看到,并不把这件事挑明,也许事情就过去了。唉,要是你知道我心里有多么痛苦就好了。"

陈默愕然地听着,再也不知道说什么好了。

车又开了一会儿,郑旻住的小区就到了。魏家铭把车停下来,随陈默一起来到了郑旻的住处门口。

陈默敲了敲门,门开了,郑旻出现在两人眼前。

"你怎么来了?"郑旻显然也吓了一跳。

陈默对他尴尬地笑了笑,说:"找你有点事。"

"什么事?要不进来说吧!"

"不用了，我说完就走。"此时，魏家铭说。

郑旻不由自主地把目光转向他："你有些面熟。我们以前是不是在哪儿见过面？"

"噢，是的，"魏家铭生硬却有礼貌地说，"我们见过，我记得很清楚。大概三个星期以前。"

"哦，对，你是林可妍的老公。"郑旻接下去说，几乎有一点挑衅的意味，"她现在好吗？"

"还不错。过几天就是我跟她结婚四周年的纪念日了，你们都来我家坐坐，热闹一下，"魏家铭提议说，"你看好不好？"

"当然好了。你能邀请我，我真是太高兴了。"

陈默惊讶地看着魏家铭，问道："我也要去吗？"

"怎么？你不愿意来吗？"魏家铭恢复了往常那种笑容可掬的神态，看着他，"很随意的，就在我家里面。"

"那——好吧。"

"不光是你，把你女朋友也带来吧，人越多气氛越好嘛。"

陈默道："我回去跟她说说，看她有没有时间。"

"那就说定了，"魏家铭说，"呃——我看我该回家了。"

"不要忙着走。"郑旻客气地说，"既然来了，不如一起去喝两杯？"

"我恐怕不行，"陈默说，"周语菲还在等着我呢。"

"我也不了。"魏家铭看着郑旻，"等聚会那天，我们再喝

第十九章

个痛快也不迟,你说呢?"

"也对,"郑旻说,"那就改天见吧。"

第二十章

从郑旻的住处回来后,整整一夜,陈默都没有睡好。他翻来覆去地在心头咀嚼着。该怎么解释发生在郑旻和林可妍身上的这些事情?他怎么也想不通,这么多年过去了,郑旻为什么还要一直追着林可妍不放。让他更想不明白的是,林可妍为什么会做出这样的选择。

她做出那种事来,也许是屈从于逃避的诱惑。过去她愿意跟魏家铭结婚,实际上只是男人的爱抚和生活的安适在她身上引起的自然反应。这是一种任何一个女人都可能产生的、被动的感情,正像是菟丝子可以随意攀附在哪株植物上一样。但说到底,这种感情是什么?它只不过是对富裕生活的满足、拥有家资的骄傲和对有人如此爱慕自己而沾沾自喜而已。可这些一旦被她得到了,魏家铭在她心中也就失去了价值。结婚之后,这理应由爱情生出的幸福,却并没有来临。所以不难想象,她对他那如痴如狂的占有欲感到非常厌恶,她愿意为摆脱他做出最大的努力。

同时,陈默觉得,这件事也为自己的许多臆想打开了一扇神秘的闸门。但不知为什么,他越想越觉得可怕,最后甚至希望这并不真实。可以想象,魏家铭发现林可妍除了偶尔对他露一下笑脸之外,总是离他远远的,心里一定非常痛苦。而陈默猜想,即使在那些短暂的时刻,魏家铭也很清楚,自己始终是一个陌生人。他用一切可怜的手段拼命想把她拴在自己身边,他试图用舒适的生活和丰厚的钱财收买她,殊不知她对此早已麻木了。他害怕她离开自己,总是不断地对她表示关心、爱护,因为这样做的话,他至少还可以产生一种能够占有她的假象。也许魏家铭明白自己已经陷得太深,但他的心却无法听从理智的劝告,总是逼他沿着一条必然通向毁灭的路走下去。他一定很痛苦,但爱情的盲目却叫他相信自己的追求是真实的,叫他相信自己的爱情是伟大的,不可能不在她身上唤起同样的爱情来回应他。

话说回来,郑旻何尝不也是如此呢？但与魏家铭不同的是,他亲手为自己的幻想蒙上了一层不切实际的浪漫色彩。与此同时,从他对林可妍过分执着的追求中,陈默还品味出某种让他讨厌和害怕的东西。但这到底是一种什么样的东西,他也说不清楚。它非常奇特地传达出郑旻那超常的敏感和强烈的欲望。它令他感到惊慌不安,或者甚至可以说是恐怖。陈默感到曾有过的那种印象变得更强烈了:郑旻的心智好像不太正常。他生活在幻梦里,现实对他没有太大的意义。这是陈默在别人身上从未发现过的。

转眼到了下一个周五,明天就是约定去林可妍家的日子。这天傍晚下了班,工作也正好告一段落,陈默觉得可以稍微放松一下,便决定到图书大厦买些书来看。他在书架中间闲逛时,突然一眼看到了郑旻。

"郑旻,"陈默叫了一声,"你怎么也在这里?"

郑旻抬起头来,看到是他,就露出笑容来,说:"我很久没有到这儿来了。我想看看有没有什么新书。"

"哦,你最近还在写东西吗?"陈默随随便便地问道。

"没,最近很忙。"

"林可妍呢? 没跟你在一起?"

"她在自己家里。她有一些事情要跟她老公商量,"郑旻看了他一眼,马上转换了话题,"对了,明天我能不能跟你们一起去她家里?"

"当然可以,不过——"

"不过什么?"

陈默说:"你真打算去吗?"

"为什么不去?"

"你难道没看出来? 魏家铭已经在怀疑你和林可妍了。你去的话,我真怕会出什么乱子。"

郑旻看了陈默一会儿,才说:"我必须去。"

陈默有些无可奈何地说:"我站在朋友的立场上,想跟你说一些话。"

"什么话?"

"你这样做是不是有些不太合适?坦白地说,我不赞同你的做法,你毕竟是在破坏别人的家庭啊。要是到头来事情被搞得一塌糊涂,你就连后悔也来不及了。"

"我必须去。"郑旻重复了一句。

"你这个人真是没救了。"

郑旻很久没做声。过了好一会儿,他才说:"我说过了,我必须去。我也由不了自己。一个人要是陷进沼泽地里,其他一切都变得不重要了,最要紧的是他得想办法出去,不然就会被慢慢吞没。"

他的语调里流露着一片热诚,陈默居然有些不由自主地被他打动了。他好像在郑旻身上感觉到一种强烈的渴望与力量,但他却无法理解这种力量。郑旻似乎真的被魔鬼附体了。可从表面上看,他却很正常。不成,他还是理解不了,也接受不了郑旻的这种做法。

"对了,"陈默又问道,"你跟林可妍不会真的要搬到什么岛上去住吧?"

"为什么不呢?"郑旻笑了笑,"我们已经商量好了,她也同意了。"

"唉,让我怎么说你呢?我觉得你这个人脑子真的有问题。"

郑旻又对他露出了一个并不介意的笑："你知道这是什么样的感觉吗？说出这样的话，做出搬到小岛上去住的决定？我——我感觉就跟上战场一样。当然，我也害怕，害怕未知的将来，但在心底里却从没感觉到这么美好。我觉得自己重新充满活力了。这一切看起来都更真实了。我一直在想，没错，就是这样，这才是生活。"

"我很怀疑，你真的能离开这个城市吗？回顾一下过去，你真觉得这样做值得吗？"

"我不在乎过去。对我来说，最重要的是现在。"

"那将来呢？你有没有考虑过将来？你总不能在那个岛上待一辈子吧！"

郑旻看了陈默一眼，说："我觉得人活着，就不要去考虑那么多，只要去做就是了。"

"可有些时候我们必须去想啊！"

"为什么？"

"为了很多东西，"陈默争辩道，"为了你的亲人、爱人、朋友，还有事业和前途。"

"以前我也考虑过这些，但现在我放弃了。"

"你是个男人，难道你不准备承担起自己的那份责任？"

"我懂你的意思，你反对我是理所当然的，"郑旻盯着他，突然说，"不过，你知道吗，我现在很后悔一件事。"

"什么事？"

"后悔把我的稿子拿给你看。"

"干吗后悔这个？"

"因为我看错人了，你实在不怎么聪明。"

陈默吃了一惊，接着气愤地反驳道："我不知道你为什么这么说，除非我这样把最明显的问题说出来是在干傻事。"

"不能预言，不能证明，"郑旻充耳不闻地说，"这才是生活的根基。什么是可知的？什么是肯定无疑的、可以预言的、不可避免的？告诉我，就你我的以后来说，你能知道的那件明白无误的事情是什么？"

陈默迟疑了一下，才说："是我们都会死？"

"说对了。只有一个问题是可以回答的，而且我们已经知道了它的答案——只有一种东西使生活能够继续下去，那就是永恒的、令人难以忍受的不确定性：不知道下一步会发生什么。"郑旻又看了陈默一眼，才接着说，"杭州我实在待腻了，天天做的事几乎一模一样，让我厌烦得要命。我认识的人都过着老一套的生活，平淡无奇，再也引不起我的好奇心。有时候我们见了面，不等开口，我就知道他们要说什么话。我们这些人就像一趟又一趟往返行驶的公交车，连乘客的数目也能估计个八九不离十。生活被安排得太有秩序了。我觉得这简直太可怕了，我想过另外一种生活。"

陈默想了一会儿。为了使下面这句话显得更有力量，他故意把一个个的字吐得真真切切："郑旻，你真是个不折不扣的疯子。"

郑旻又对他笑了："好了，你现在已经把压在心里的话说出来了，咱们也可以去吃饭了。走吧，我请客。"

第二十一章

　　到了第二天,却又下起了雨,这是江南梅雨季节里常见的那种绵绵无期的细雨。雨滴打在阴暗的枝叶丛中,灰蒙蒙的一片。树叶上坠下晶莹的水珠,空气清冷潮湿,雨声清晰可闻。

　　陈默、周语菲和郑旻一行三人如约来到魏家铭家中。

　　开门的是林可妍。一见是他们,她马上露出了笑脸,说:"你们来了?"然后,她又冲里面喊道,"你还不快点过来? 你请的客人都到了。"

　　这时,魏家铭走了出来,他的身躯片刻间堵在了门口。于是他们又都把目光转向他。

　　"是你们两口子,快请进,快请进!"魏家铭热情地说。

　　"你也来了,"接着,他又看到了郑旻,就微微一笑,很成功地掩饰住了对郑旻的厌恶,"很高兴见到你。"

　　郑旻也报之一笑:"见到你,我也很高兴。"

　　林可妍说:"别光顾着说话了,快进来坐吧。"

于是，三人都装出感兴趣的样子，跟着两位主人来到了客厅。他们在一张沙发上并排坐下。

"你们想喝点什么？"魏家铭问。

陈默很有礼貌地笑了笑，说："不用麻烦了。"

林可妍抬起头，对魏家铭说："给他们来一杯雪利酒吧！"

然后，她又把目光转向陈默，说："这酒是家铭的朋友从西班牙带回来的，你们一定得尝尝。"

陈默微笑着答应道："那好吧。"

"好的，"魏家铭用开心的语气说，"稍等一下，酒马上就来！"说完，他就去里面的一个房间了。

"语菲，亲爱的，"林可妍好像有点放松了下来，说，"我终于又见到你了。"

"是啊，"周语菲笑着说，"我也搞不清楚为什么，我们最近见面太少了。"

"我知道原因，你现在有了男人，就把我这个可怜的姐妹儿给忘了呗。"林可妍用善解人意的目光看着她，微笑着说。

"哪儿的话！你冤枉我了。"

"得了吧，我还不知道你！"忽然，林可妍命令式地喊道，"对了，我忘了问你一件事，很重要的事——我听说你们已经订婚了。"

周语菲惊讶地说："你听谁说的？"

林可妍坚持说："我听好几个人都这么说过，所以一定是真的。"

"你听谁瞎说的呀，没有的事！"

"这么说你们还没订婚？"

"当然了。"

林可妍若有所思，过了一会儿才又说："这年头也真是的，看来谁的话都不能轻信。不管是谁都想骗你。他们脑子里想的只有钱。上星期我去美容院做光子嫩肤，等她们把账单拿过来的时候，我还以为她们给我整了容呢。"

"是吗？哪家美容院？"

"算了，不说这个了，"林可妍笑了笑，"免得你也忍不住去上当受骗。"

"你身上这件衣服好漂亮啊！"周语菲突然转了个话题，"一定很贵吧？"

林可妍不屑地把眉毛一扬，对这句恭维话并不领情。她把一缕头发从眼前掠开，笑盈盈地看着她，然后把脸捧在手里，好像在抚摩自己那张可爱的面庞。

"这只是一件破烂的旧货，"她说，"我不在乎自己是什么样子的时候，我就把它往身上随便一披。"

"可你穿上就显得很漂亮，而且有种知性美，"周语菲紧接着说，"要是有画家能把你这个姿势画下来，肯定特别美。"

"是真的吗？"

"我什么时候骗过你？"

"得了吧,还知性美！你当我是傻瓜啊?"林可妍爽快地笑道,"可我的梦想就是当一个傻瓜——这才是女人最好的出路。唉,我可真受够了。"

显然,她抱着这种想法是有缘故的。陈默等着听她说下去,可她没再往下说。从她的表情也丝毫猜不透她心里想的到底是什么。陈默看着她,希望看到一个能猜测出她真实感情的表情,但她的脸宛如一副面具。她甘愿抛弃自己丈夫庇护下的安乐窝,甘愿抛弃舒适优裕的生活,甘愿承担她自己也看得非常分明的风险,这说明了她内心并不安分,喜欢追求冒险。看来她一定是一个性格非常复杂的女人,这同她那天真活泼的外表倒构成了极富于戏剧性的对比。

而郑旻坐在那里,用一种带着微笑的目光向四周张望。林可妍看了他一眼,发出了她那甜蜜、动人的笑声。

这时,魏家铭用一个托盘端出了五杯酒。

"来,尝尝!"他一边把酒杯分给其他人,一边客气地说,"这酒我放好久了,你们今天来了,我才舍得打开。"

"你呀,总是那么小气!"林可妍笑着嗔怪道。

"我小气? 我要是小气,那天底下就没有大方的人了。"魏家铭不服气地质问道,"你刚才是不是跟他们讲我什么坏话了?"

"我讲了吗?"林可妍看着他,一脸无辜,"我不记得了。"

"别听到什么都当真。"魏家铭转身面向他们三个,表情认真地告诫道。

郑旻端起酒来，喝了一口。

"这酒味道不错。"他说，看得出来他有点紧张。

"郑先生是做什么工作的?"魏家铭很和气地问郑旻。

"在一家公司做业务员。"

"在哪家公司?"

"恒晟。"

"从来没听说过。"魏家铭断然地说。

"当然了，"郑旻答道，"那是一家小公司。"

"这几天一直在下雨，我们去做些什么好呢?"林可妍忽然大声插话道，"一直在屋子里闷着，感觉好像在监狱里待了一辈子。"

"看你说的，哪有这么严重。"周语菲说，"等天一放晴，生活就重新开始了。"

"可是这天真烦得要命，我觉得自己快要发霉了。"林可妍执拗地说。

郑旻的眼睛慢慢朝她看过去。

他们的眼光相遇了，他们彼此目不转睛地看着对方，超然物外。他好不容易才把视线转回到别处。

他们相互间已经很明白地流露出爱意，魏家铭也看出来了。他大为震惊。他的嘴微微张开，眼睛看看郑旻，又看看林可妍，仿佛他才认出她是他很久以前就认识的一个人。

"你家有麻将吗？要不然来搓会儿麻将吧！"这时，周语菲提议道。

"好主意，正好现在离饭点儿还有一段时间，"魏家铭赶紧附和道，"阳台上就有麻将桌，走吧。"

他站了起来，眼睛还在郑旻和林可妍之间闪来闪去。他招呼着，可谁也没动。

"走啊！"他有点冒火了，"不是要去打麻将吗？那就去啊！"

"着什么急啊，"林可妍不以为然地说，"就不让人家再歇一会儿吗？"

"已经歇得够久了。"

"可我现在没心情玩麻将。"

"行，那就不玩！"魏家铭有点恼火地说。

郑旻刚准备开口说话，又改变了主意。但魏家铭已经转过身来面对着他，等着他说。

"你家卫生间在哪儿？"郑旻勉强地问道。

魏家铭往里面一指，说："喏，你一直走过去就看到了。"

"哦。"郑旻站起身来，走了过去。

现在客厅里剩下他们四个人。

"我真想不明白，"魏家铭怒气冲冲地说，"你们看到刚才的状况没有？"

"什么状况？"陈默问。

魏家铭敏锐地看着他,仿佛在他身上已经找出了答案似的。

"你们以为我很傻,是不是?"他说,"我查过那家伙的来历,"他继续说,"只要我想,我还能查得更仔细一些。要是我知道……"

"你是说你请了一个私人侦探?"林可妍幽默地打断他。

"不,我没有。"

"何必这样呢?我觉得你想得有些多了。"陈默觉得非常尴尬,想了好一会儿,才说。

"你跟他也是一伙儿的,对不对?"魏家铭看着他,毫不客气地说。

"什么?"陈默哑然失笑道。

"你听着,"林可妍愤怒地盯着魏家铭,"要是你再乱说下去,我可不会答应。"

这时,郑旻回来了。林可妍站了起来,对他微微一笑,走到桌子前面。

"我去倒些酒,"她说,"给我那傻老公再喝一杯,他喝完之后就会清醒了。"

"怎么了?"郑旻似笑非笑地问道,"发生什么事了?"

魏家铭盯住他,厉声说:"我要问你一个问题。"

"问吧。"郑旻很有礼貌地说。

"你到底想在我家里搞什么鬼?"

他终于把话挑明了,郑旻倒也满意。

"他什么也没做!"林可妍惊慌地看看这一个又看看那一个,"你太紧张了,放轻松一点儿。"

"放轻松!"魏家铭重复道,"一个不知道从哪里冒出来的小瘪三儿,在自己家里跟自己的老婆眉来眼去,我不知道哪个男人还能放轻松——"

"我也有话要对你说。"这时,郑旻开口了。但林可妍猜到了他的意图。

"你不要说!"她打断了他的话,"你们都回去吧。"

"好主意。"陈默也站了起来,说,"走吧,郑旻。"

魏家铭突然说:"等等,今天要是不把事情说清楚,谁都不能走!"

"你老婆根本不爱你!"郑旻说,"她早就不想跟你在一起了。"

"去你妈的!她爱不爱我,轮到你这种破烂货色来说三道四?"魏家铭怒目圆睁地盯着郑旻,破口大骂道。

郑旻也猛地跳了起来,激动异常。

"她从来没爱过你,她现在想要离开你,这下你明白了吗?"他喊道。

"行啊!"魏家铭拼命忍住怒火,竭力要装出平静的口吻,可并不成功,"到底是怎么回事?我要听听整个经过。"

"我已经告诉过你是怎么回事了。我们以前是同学,我一直都很喜欢她,现在我们在一起了,"郑旻说,"就这么简单。"

魏家铭又猛地转向林可妍,问:"你这几年一直在跟他见面?"

林可妍被他投来的目光吓得打了个哆嗦。

"没有见面。"此时,郑旻替她答道,"之前我们见不了面,可现在我们又遇见了。"

"哦——也不过就是这点事儿。"魏家铭把他的粗指头合拢在一起轻轻地握了握,然后往前走了一步。

"你这狗日的疯子!"他又大骂了起来,"结婚前发生的事我没法说,因为当时我还不认识她——可是我真他妈的想不通像你这样的烂货怎么能沾到她的边。你说的那些话都他妈的是胡扯!她跟我结婚时是爱我的,现在她还爱我。"

"别自欺欺人了。"郑旻摇摇头,说。

"她有时候会胡思乱想,干一些莫名其妙的事。"魏家铭死死地盯着他,"偶尔我也荒唐一阵,不过我总是回头,而且我心里一直是爱她的。"

"别说了!你真叫人恶心!"林可妍突然说道。

郑旻走过来站在她身边。

"一切都过去了,"他认真地对林可妍说,"现在没什么关系了。就跟他说真话——你对他已经没有感情了,然后我们就走——一切就结束了。"

"你真要跟他走吗?"魏家铭看着林可妍,问。

"就好像你还在乎一样!"林可妍转身对着她丈夫。

"我当然在乎! 从今以后我要更好地照顾你。"

"算了吧! 你知道我有多想跟你分开吗?"她顿了一下,又提高了声调。

"这么多年了,我还不了解你?"魏家铭涨红了脸,大声说道,"你不会离开我的! 反正绝不会为了一个骗子、穷光蛋离开我。"

"你这么说我可不答应!"林可妍喊道。

"你到底是什么人?"魏家铭又把视线转向郑旻,冲他大声说道,"我查过你的底细,你就是一个外地来的穷小子罢了。接下来我还要去查,把你那所有见不得人的事儿都查清楚!"

"那你尽可以自便。"郑旻镇定地说。

"别再装了!"魏家铭喊道,"我告诉你,赶紧从我家里滚出去,趁现在还来得及!"

"我跟郑旻一起走,"林可妍盯着魏家铭,忽然坚定地说,"我不能跟你生活下去了,让我安安静静地走吧。"最后她说:"你看不出来吗,我爱他。他到什么地方,我就跟他到什么地方去。"

有一瞬间,魏家铭的脸上露出了极其痛苦的表情。他难以置信地看着林可妍,仿佛在看着一个素不相识的陌生人一样。过了好一会儿，他才回过神来，说："今天可是我们的结婚纪念日啊，你非得在这个时候走吗？你要想清楚，他是不可能让你幸福的。"

"我已经决定了。"她用呆板却又不容置疑的语调说。

郑旻待在旁边，一直面无表情地看着魏家铭。他这种叫人无名火起的冷静让魏家铭再也控制不住自己了。一阵狂怒把他攫住，他一下子扑到了郑旻身边。

接着，郑旻就看到魏家铭的大拳头朝他的脸抢了过来。他想闪开，但没来得及。拳头打在他的颊骨上，就像一颗手榴弹在他脑袋里爆炸了似的。他感到自己的半边脸都肿胀起来，里面像是充满了空气，但他的神志还清醒。

"别打了！快住手！"林可妍大喊起来。

"你给我听着！她是我老婆，记住没？"

脸颊火辣辣的痛感开始传来，但郑旻没有还手。对于魏家铭的质问，他没急着去反驳。他看到魏家铭用失去理智的神态瞥视着他，他对那样的瞥视赔了个笑脸。他觉得自己说话有困难，但最后还是勉强说了出来："当初你给了她什么好处，才让她成了你老婆？"

"看来你还是不明白，"魏家铭浑身颤抖着，喘着气，"我会让你明白的。"

说完，他又握起了拳头。

这时，林可妍冲到郑旻前面，挡住了他，说："魏家铭，你还有完没完!"说完,她眼中的泪珠就止不住地滚了下来。

魏家铭身体一震,松开了手。

过了良久,他才看着林可妍,问道:"跟我说实话,你对我有过感情吗?"

"没有。"

"在跟我结婚时也没有吗?"

"没有。"

"那次去三亚拍婚纱照,我把你从游艇抱到海滩上,不让你的裙子沾湿,那时候你也不爱我吗?"魏家铭沙哑的声音里流露着柔情。

"你别说了。"林可妍的声调是冷淡的,但怨尤已经从中消失,她看看魏家铭,又看看郑旻,"我爱过你,但现在我爱的是他。"

魏家铭呻吟着说:"我为你做的还不够多吗?你为什么一定要这样对我?"

"我也由不得自己。"她回答。

"如果我做了什么事让你不高兴,为什么你不对我讲?只要你说了,我一定会改过来的。为了你,凡是我能做到的我都做了。"

她并没有回答。她脸上一点表情也没有,他看到自己只不过在惹她生厌罢了。她穿上一件外衣,拎起自己的包,向门口走去。

　　魏家铭明白再过一分钟就可能再也见不到她了,于是很快地走到她前面,抓住她的两只手,说:"我不是要你改变主意,我只是想让你再听我说几句话。这是我要求你的最后一件事了。不要拒绝我,好吗?"

　　她站住了,仔细打量了他一会儿:"说吧!"

　　魏家铭费了好大劲才使自己平静了一点:"你一定要冷静一些。你有没有想过走了之后,要靠什么过日子? 你知道,他手里没什么钱。"

　　"我知道。"

　　"你跟着他,会吃很多苦头的。"

　　"你可以给我钱。"

　　"我为什么要给你钱?"

　　"我不知道。我会找到一个办法的。你忘了吗,如果我跟你离婚了,你的财产要分给我一半。"

　　"你疯了吗? 我不知道你被什么给迷住了!"

　　林可妍没有回答他的这句话,只是说:"现在我可以走了吗?"

　　"再等一会儿。"

　　魏家铭疲惫不堪地环顾了一下自己的家。他喜爱这个家,她也曾经给他带来了新的生机。他想起新婚宴尔的时候,他白天一忙完就会匆匆赶回家,上楼时心头怦怦直跳。她在卧室的梳妆台前打扮,他悄悄走上去,冷不丁地从后面一把搂住她，惊得她叫出声来。她回头发现是他，就会半嗔半笑地捶他的胸口。

因为她的存在，这间屋子曾显得那么美好，充满了家庭气氛。他把眼睛闭了几秒钟，睁开后，目光在她身上逗留了好一会儿，似乎想把她的图像永远印记在脑中似的。

"在这儿待最后一晚，好吗？"他用恳求的眼神看着林可妍，异常镇定地说。

"你还不明白吗？我一秒钟也不想在这里待了。"

魏家铭花了很大力气才把接下来的话说出口："好，好，我知道。今晚我们可以谈谈财产分割的事儿。要是能谈好，或许明天我们就能去办离婚手续。"

林可妍的眼睛闪了一下，说："你说的是真的？"

"我什么时候骗过你？"

"那好，今晚我留下。"接着，她又转向其他三人，脸上带着歉意，"你们先回去吧。真不好意思，让你们见笑了。"

陈默一直在等的就是这句话，这时他迫不及待地搭腔道："好的，那我们先走了。"

林可妍又对郑旻说："你也走吧。先去医院看看伤，明天一早我就给你打电话，那时候我们再见面。"

郑旻点点头，一句话也没说，就跟陈默和周语菲走出了屋子。

　　他们出来时，天色已经暗了，外面的雨还在下个不停。他们三人一起上了一辆出租车。回去的路上，谁都没有开口说话，但陈默觉得，这寂静对他来说就好像街边商铺里嘈杂的人声和马路上轰隆隆的车声一样遥远。

　　人的同情心是有限度的，因此他也乐于让刚才看到的那些可悲的画面跟身后的城市灯火一并消失。不，这些争执的画面本身倒无可厚非，使他对人们短暂的悲哀和片刻的欢欣暂时丧失兴趣的，是那些无法说清楚的、吞噬他们心灵的东西。陈默觉得，他所看到的一切都在提醒自己，不少人活着，只是在追求幻影，他们梦寐以求的，很大一部分是自己想象出来的现实；他们所需要的，恰恰是幻影。他们不惜一切代价，想尽办法去与幻影见面。幻影形形色色，有被人追求的，有被人遗忘的，也有被人重新寻觅的，目的都在于接触一种不现实的、理想中的生活，这种虚无缥缈的生活一闪即逝，生活的道路到处有幻影神出鬼没。

第二十二章

这天晚上的雨一直没停，到了深夜，反而越下越大了。郑旻整夜不能入睡。他好像发了高烧一样，在狰狞的现实与可怕的噩梦之间辗转反侧。

脸颊还在隐隐作痛，但他并不在乎。他的思绪不禁又回到了过往的大学时光。他还记得，一天下午，他爬上校园中那一段古老的城墙，出神地看着眼前这一片山明水秀的景色。清澈流水中，有几条小船在茂密的水草之上漂浮；不远处，有几簇姹紫嫣红的繁花沿着一溜矮墙攀缘而上。由于他的思想中始终保留着那样的梦，梦见林可妍会来爱他，所以他对那片山川的神往也同样浸透了流水的清凉。

巧的是，就在这时，他看见林可妍也来到城墙上，并朝他的方向走来了。

后来，她也发现了他，同时对他露出了笑容。

但在这时，周语菲出现在了他的视野中。只见她对着林可妍喊道："快啊，可妍，快回来，我在这里。"

　　林可妍顿时收敛了笑容,转身走开了,也没有再回头看他一眼。

　　"快啊,可妍,快回来,我在这里。"

　　这个声音伴随着林可妍转身的画面,却在他的脑海里定格了。

　　那时候他就想,也许有一天,他还能像这样重新见到她。因为林可妍这个名字,已经永远地跟他梦中所期盼的那位姑娘联系在了一起。他心里印上了这个有一头黑色长发、笑着向他投来亲切而又隐含深意的目光的少女形象。她的名字与那一团繁花一起,在他心中留下了芬芳。

　　然而几年过去,一切都与过往不再相同。他的确又见到了她。但她已经不再是当初那个遥不可及的清纯姑娘。世事变迁,唯一没变的,是他的幻梦。这幻梦有着巨大的活力,甚至超越了她,超越了一切。多年以来,他以一种创造性的热情投入了这个幻梦。刚才在林可妍家里,他表现得如此强硬,连他都被自己吓了一跳。可当他的嘴唇贴近她那张洁白的、保养得很好的脸时,他仍能感受到心脏强烈的蹦跳。他知道他一跟这个姑娘亲吻,并把他那些无法形容的憧憬和她急促的呼吸永远结合在一起之后,他的心灵就再也不会像上帝的心灵一样自由驰骋了。所以,他暗暗下定决心,即便前面有千难万险,他也不会轻易放弃她,他要全力争取,这是他的宿命。

远走高飞

又过了很久，他终于睡着了。……醒来时天已大亮，雨不知在何时已经止息，只听到零星的雨珠往下滴落的声音。他等了一会儿，却始终没有人打电话来。他给她打过去，同样没人接。他马上爬起身，开始穿衣服——他觉得他有话要跟林可妍说，有事要警告她，要是再等的话就太迟了。

到了外面，他跳上一辆公交车，来到了林可妍住的小区。走到她所在的那幢楼前时，他发现周围已经密密麻麻地站满了人，旁边的道路上还停着数十辆警车和媒体采访车。可能是因为无法继续获得新情况，记者们就在住宅旁边相互采访。人们推推搡搡，照相机闪闪烁烁，现场显出一片有序的混乱。

郑旻踮着脚从那堆人的头顶上向里面望去，但什么也没看到。接着，他用两只手臂猛然向前一推，就挤进了人群。

这时，一帮人抬着什么东西从里面的楼道出来了。

是两个白色的布袋子，上面还有刺眼的斑斑血迹。看样子，里面装的是两个人的尸体。两具尸体被裹得很严实，仿佛在这炎热的天气里他们还怕冷似的。

这帮人经过时，人群自动分出一条路来。等他们过去时，那一群人又合拢了，同时传出一阵议论声。无数闪光灯也"咔咔"地响了起来，有些胆大的记者和摄影师还凑了过去，对着这两个尸袋一阵猛拍。

第二十二章

尸体被塞进了一辆车里，很多人在目不转睛地看，一动也不动。一个警察正在一个小本子上写着什么东西。突然，一道尖厉的哭泣声响了起来。起初，郑旻找不到这个高昂的哭声的来源——然后他才看见一个上了年纪的女人瘫倒在地上，身体前后摆动着。有一个人在低声跟她说话，但她既听不到也看不见。她的目光慢慢地移到那辆停着尸体的车上，然后又突然转回到人群中。同时，她不停地发出那高亢的、可怕的呼号：

"家铭啊，你怎么能就这样走了啊！"

旁边的那个人又对那哭泣的女人嘀咕道："家铭妈，不要哭啦，人死了哭不回来的！你再哭，让我也……也要忍不住了！"

一个女记者倒没被这悲伤的情绪影响到。她手持话筒，对着摄像机，很职业地说："观众朋友们，现在两位死者已经被抬下了楼。据我们了解到的情况，死者是一对夫妻。今天凌晨，由于之前的感情问题，两人闹着离婚。可能是在财产分配问题上分歧太大，双方在屋子里大打出手。丈夫恼羞成怒，用水果刀捅在了妻子的脖子上。妻子死后，丈夫也畏罪自杀了。大致情况就是这样，我们还会跟进报道，请大家继续关注。"

此时，旁边有个老头儿说："这两个人是不是住在三楼的那小两口？"

另一个男人微微摇着头，面带惋惜地答道："怎么不是啊？他们就住在我对面。丈夫姓魏，老婆姓林。昨天深夜，我听见他们屋里乒乒乓乓地响，还以为他们只是普通的怄气吵架，真没想到会闹出人命。唉，两个人都这么年轻，太可惜了。"

好了，这下确定无疑了，林可妍死了，是被魏家铭杀死的。眼前的一切开始天旋地转起来。郑旻仿佛看见了林可妍脸上带着无限的惊恐，拼命奔逃，躲闪着魏家铭刺来的刀刃。他早该想到，不应该让她留下来的。他也早该注意到，魏家铭那已经绝望了的眼神。他想拥抱她，可惜这已不可能了，她永远也不会回来了，她死了。

他在想象里去寻觅她；他竭力使他的爱升腾到她的身边，给不能继续生存下去的她带去安慰。向如此遥远的人奉献的爱就好比宗教，他的相思也像祈祷一般朝她飞升而去。但是，信念支撑着感觉世界的大厦，没有这种信念，大厦便摇摇欲坠。她永远也不会回来了，她死了。

幻想破灭，还不是最可怕的，更可怕的是破灭之后遗留下来的创伤。那么，人世还有什么值得他留恋的呢？

他看到了自己的未来：黯淡、无望、难以忍受又无可避免。如果他不去寻死，也很难算是在活着。永远孤独，肩头担着永远无法卸下的重负，永远怀着负罪感……

不远处，正好有一条河穿小区而过。恍恍惚惚中，他迈着蹒跚的步伐,走到了那条河边,一下子跳了下去。在这一刹那,他还听见了一个人的尖叫:"不好了！有人跳河了,快来救人啊！"他甚至还听见了正在围观的人们向河边跑来的脚步声。

远走高飞

第二十三章

虽然陈默认为郑旻与林可妍的关系会以一场灾难结束，但他却完全没料到这件事会演变成这样一出悲剧。事情发生后的第二天，铺天盖地的报道就向他扑面而来。刚看到这些报道时，他根本不敢相信自己的眼睛，后来，他才强迫自己接受了这个现实。

首先是各大报纸。《钱塘日报》的题目是《妙龄女郎被丈夫刺死，遇害前数小时惊爆畸形三角恋》。《青年快报》则在头版刊登了这个消息："妻子被爆与小三合伙骗夫钱财，遭夫刺杀香消玉殒。"《都市晚报》也不甘示弱，在头版头条这样写道："妻子原已怀孕数月，丈夫缘何下此狠手？"

《杭城日报》上的一篇后续报道却吸引了陈默的目光："男子堪比'当代梁山伯'，得知情人被杀后竟跳河殉情。"在这篇报道中，特地提到了郑旻。他被人从河里捞了出来，没死成。目前他正在市第一医院接受救治。文中居然还说郑旻是一名失败的网络作家。看到这里，陈默不自觉地笑了一下,笑中所蕴含的滋味,连他自己也说不清楚。看来,记者们果然神通广大,连郑旻发在网上的小说也给挖了出来。

其次是网络。网友们分成好几派,各执一词,展开了激烈的辩论:有同情魏家铭的,有哀悼林可妍的,有追问郑旻的……谁也不让谁。争论到白热化的时候,无端的攻击与谩骂便随之而来,结果谁也没把事情讲清楚,也没把道理摆清楚,反而越发给这一事件增添了不少茶余饭后的谈资,也越发给它蒙上了一层扑朔迷离的色彩。

陈默也抱有同样的好奇心。这天下班后,他想了很久,也犹豫了很久。一直到晚上九点钟,他才下定决心,要去医院看看郑旻。

这是一座有些老旧的凄清的建筑物,让人一看见就心里发凉。他走进去,问一位正在值班的护士:"请问这儿有一个叫郑旻的病人吗?"

那位护士看了他一眼,有些不屑地朝楼上指了指,说:"你也是来找那个大红人的? 喏,在五楼十九号病房。"

陈默有礼貌地对她笑了笑:"今天有很多人来找他?"

"那还用问? 白天的时候,我们这儿的电梯都快被挤爆了。现在他可是整个杭州的焦点呢。"

"哦,谢谢你了。"

说完,陈默上了五楼,找到了十九号病房。

他敲了敲门，没人应声。他扭了一下门把手，门没有锁。

"郑旻。"陈默叫了一声。

没有回答。一切都让他感到神秘。他犹豫了一会儿，朦胧中看到墙角有一张床。突然，他心里冒出一个想法，他觉得自己会在床上看见一具尸体。

"陈默，是你吗？"

从黑暗里传来了郑旻的声音，把他吓了一跳。

陈默惊叫起来："你不说话，我还以为你死了。"

"我暂时还死不了——你帮我把灯打开。"

"开关在哪儿？"

"就在我床边上。"

陈默答应着，打开了灯。郑旻在床上躺着。一眼就能看出来，他正在发高烧。

"你怎么找到这里的？"郑旻非常虚弱地问。

陈默走到床前，说："现在外面到处都是你的消息。啊，你怎么啦？没人来照顾你吗？"

"我在杭州没什么亲近的人。"

"那今晚我留下来陪你好了。"陈默自告奋勇地说。

"你？"郑旻毫不客气地说，"不用了，你回去吧。"

"别误会，我只是想尽一点力而已，发生了这样的事，谁都不愿看到。"

"要是你想替我做点什么事，就去给我买点吃的吧。"最后，郑旻开口说。

陈默看了一眼：床头柜上放着一只空牛奶瓶，旁边还有
一些面包屑。

"你吃过什么了？"他问。

"什么也没吃。"

"多久了？"陈默惊讶地说，"你没吃晚饭吗？"

"我还有水喝。"

陈默的眼睛在一个一次性纸杯上停留了一会儿，这只杯
子放在郑旻一伸手就够得到的地方。

"我马上就去，"陈默说，"你还想要别的东西吗？"

"只要是吃的就行。"

陈默走出病房，到医院外面的小超市里买了一些面包、
一盒牛奶和一串香蕉。

回来之后，陈默把这些东西放在郑旻旁边。他费力地吃
了些面包和香蕉。过了一会儿，他终于恢复了一些气力。

"他们给了你一个绰号，叫'当代梁山伯'。"这时，陈默
说。

郑旻轻蔑地一笑，说："为什么不叫我罗密欧，我比较喜
欢罗密欧。"

"现在你成名人了，"陈默有些苦涩地笑了笑，"外面的
人都在谈论你的事。"

"他们愿意说什么就说什么去。"郑旻说。平静的语气中

又带着一种无法描述的鄙夷和不屑。

"你不在乎吗？大多数人对这一点还是不能无动于衷的。"

"如果你不在乎某一个人对你的看法，一群人对你有意见又有什么关系？"

"人并不都是完全理性的啊！"陈默辩解道，"想到那些你从来不认识、从来没见过的人都在议论你，说你的坏话，难道你就没什么感觉吗？"

"我只知道林可妍已经死了，而我还活着。"

陈默不再说话了，房间里一片寂静。过了一会儿，他才又说："现在你还在想着她吗？"

"我怎么能不想她？"郑旻异常平静地说，"我满脑子都是她，一分钟都停不了。她死了，是我害死了她，我却还活着。我自己的手上也沾着她的血。我为什么那么蠢，就这样让她匆忙离开了我。这种事，只要能阻止，我宁愿去死。现在却要说服自己，让自己去接受这样的事情——"

说着说着，他眼眶里不由自主地流下了两道清泪。

陈默看着他，不禁也被触动了。

"我——"他欲言又止。

"你想说什么？"郑旻看了他一眼，有气无力地问道。

"我想问你，你真的就这么喜欢林可妍吗？"

"我不知道该怎么回答你，"郑旻想了一会儿，"我印象最深的只有一个画面。那是还在学校的时候,有一天,我在城墙上玩。她也正好上来了。她看见了我,对我笑了一下。就是这一笑,让我永远记住了她。"

陈默寂然地听着,心猛地颤了一下。他无话可说,除了那个说不出口的真相:事情并不是这样的。

他又想了一会儿,还是决定隐瞒他所知道的事实:此时的郑旻太脆弱了,未必经得起这样的打击。

"好了,不要再想了,你现在最需要的是休息。"陈默说。

"好。"郑旻答道。

于是两人都不再说话。陈默起身去把灯关了,躺在了旁边的长椅上。黑暗中,种种思绪在他脑海里萦绕。他觉得,郑旻虽然有值得同情的地方,但他是彻彻底底不赞同他的。俗话说得好:"可怜之人必有可恨之处。"一个为爱情而去自杀的男人,说到底他还是不怎么瞧得起的。

他还想,如果郑旻知道当初林可妍那个笑的真实意味,他一定会觉得自己已经失去了往昔的那个纯真世界,也一定会觉得,因为抱着一个幻梦太久而付出了过高的代价。他一定像透过可怕的树叶仰望着一片陌生的夜空,或是发觉一朵色彩艳丽的花是多么丑恶,而感到毛骨悚然。这是一个新的世界,虽然很物质,却并不真实,可怜的幽魂,追寻着那虚无缥缈的幻影,在这里东飘西荡。

他又回想起那一对夫妻,魏家铭和林可妍,在一所房子中过的生活。这种生活竟由于一个无情的偶然事件被打得粉碎,他觉得这真的非常残忍。但最最残忍的是,这件事对别人并没有什么影响。与此毫不相干的人们继续生活下去,谁也没有因为这个悲剧而活得更糟。尽管这种关系也惨痛地影响了一些人,那也不过是无常的命运对人生的嘲弄。至于魏家铭和林可妍,不论他们最初步入生活时曾怀有何等美妙的希望与梦想,死了以后,就跟他们从未降临过人世没有什么两样。

每个人活在世界上都是孤独的,每个人都被囚禁在一座孤岛之中。我们只能孤单地行走,尽管身体互相依傍,却并不在一起,既不了解别人也不能被别人所了解。就像此刻在床上安静躺着的郑旻,即便知道他的内心在翻江倒海,陈默却还是想不出一句安慰的话来。因为他明白,当人感觉糟糕,当人身处在墙角的黑暗之中,任凭是谁也无法给他安慰。

第二十四章

梅雨季节过后，真正的夏天就来了。

一大早，天儿就闷得令人喘不过气来。朦朦胧胧中，陈默觉得有人在推他。睁开眼睛一看，原来是郑旻。他已经穿戴整齐，站在那里看着他。

"快起来，我要走了。"郑旻说。

陈默有些困倦地揉了揉眼睛，又看了看手表，有些不乐意地说："现在才六点半，这么早出去干什么？"

"我不能再在这里待着了。"

"你的烧退了？"

"昨天挂了点滴，现在好多了。"

"我建议你在这里再观察一天。"陈默用认真的语气说。

郑旻不在意地笑笑："我不会再待了。再过一会儿，那帮记者又要来了，我不想见到他们。"

陈默这才明白了他的意思，说："那好吧。"

办理了出院手续后，他们一起来到了外面。因为是清晨,路上的行人和车辆还不多,城市显出一片萧瑟的晨景。来这里时是黑夜,出来的时候天却已经大亮,这在陈默心上引起一种奇怪的恐怖感。他感到自己有一种想赶快把这件事从心里甩掉的愿望。

对于这件实际上跟自己毫不相干的悲剧,他已开始厌烦了。他找了另外一些话题跟郑旻聊了起来。

"我觉得你应该去别的地方走一走,"他说,"这会对你有好处的,现在待在这里对你来说也没什么意义了。"

郑旻没有回答他。他却紧追不舍地问下去:"今后这一段日子,你有什么打算?"

"没有。"

"你要振作起来。为什么不重新开始写些什么东西呢?"

郑旻看了他一眼,还是没有回答。

"你跟我一起吃早饭吧。"陈默说。

"我不想去了,我要回我住的地方去。"

"要我跟你一起去吗?"陈默犹豫了一会儿,问。

"不用,我想自己回去。"

"那好吧,"陈默看了他一眼,又说,"不过你得跟我保证一件事情。"

"保证什么?"

"不要再做傻事。"

郑旻听后,露出了一个神秘的微笑,说:"你放心吧,不会

第二十四章

了。"

"是啊,生命还是很美好的,只要活着,总能看到希望。"

"说得对,"郑旻心不在焉地附和了一句,"那再见了。"

"再见。"

于是,陈默跟他分手,如释重负地独自走开了。杭州的街道给了他新的喜悦,他满心欢喜地看着街头来往的匆忙的行人。这天天气很好,阳光灿烂,他感到心头洋溢着生活的欢悦,这种感情比以往任何时候都更加强烈。他一点也由不得自己。他想把之前的那些烦恼完全抛在脑后。他要享受生活。

接下去的几天里,事件持续发酵。报纸、电视和网络,把这一事件炒得满城风雨、沸沸扬扬。各种传言和号称是"独家披露"的细节在坊间流传,一时间众说纷纭,根本不知道该信谁。

这个时候,陈默看到魏家铭的妈妈在电视中出现了。在接受记者采访时,老人家脸上带着悲痛欲绝的表情,控诉道:"那女人心太狠了!结婚后,家铭每个月都会给她两万块零花钱,在其他方面对她也是百依百顺,要什么给什么。可她是怎么报答他的?她的报答就是拿着这些钱在外面找男人!想离婚了还打算从我们家分走一半财产!可怜我的儿,找了这么个媳妇儿……家铭,你走了,可叫我以后怎么活啊……"

说到这里，老人家一下子瘫倒在地，声泪俱下。

这是让人悚然动容的一幕。观众们被打动了，连抱着看热闹心态的人们，心里也不禁微微一颤。

而林可妍家人这边显然有着不一样的看法。林爸爸面对着摄像机，面无表情地缓缓说道："那男人嫉妒心很强，疑心更重。有时候我女儿出去的时间稍微长一点，他就一个电话打到我这里，问她去哪儿了。我女儿跟他结婚后，就常常跟我说，她活得太累了，没有一点自由。他也常趁出差的当儿去找小姐，自己得了性病，还差点传染给我女儿……"

此言一出，舆论大哗，至于该相信谁、该同情谁，公众迷茫了。好在此时电视台的节目主持人说了几句公道话。

她是这么说的："这件事刚有些消停，又因双方亲人的发声再起波澜。两位老人伤心之余想讨个公道，让自己的子女带着好名声安息，我们能理解。但事情发展到今天，两位当事人都不在了，真相是什么，也永远成了难解之谜。更何况，很多悲剧不能完全怪一个人，因为立场的不同，任何人的任何看法都会带有片面性。就像一位网友说的，'林可妍肯定不是完美的天使，但也不会像某些人说的那样坏，毕竟在这个红尘俗世中谁能真的超脱物外。'一位怀着身孕的准妈妈就这样离去了，难道不值得我们去扼腕叹息吗？大家不管站在谁那边，都不应煽风点火。网友们请记住，你们不是福尔摩斯，也不是柯南，与其唇枪舌剑互相攻击，不如思考在生命如此脆弱的这个社会,如何避免悲剧再次发生。愿逝者安息,生者安宁。最后,我们也呼吁跟这件事最接近的那个人——郑旻,站出来给我们一个答案。"

然而过了几天,郑旻却始终没有站出来。

对啊,他去哪里了?

陈默马上拨了他的手机,但听筒里的提示音说该号码已经停机。

后来,陈默想了想,放弃了。毕竟,他觉得自己从内心里不能宽恕郑旻。他看到,郑旻所做的事情,在他自己看来是完全理所当然的。一切都是粗心大意、混乱不堪的。郑旻也是粗心大意的人——他砸碎了东西,毁灭了人,然后就退缩到某个隐秘的地方,让别人去收拾他留下来的烂摊子。陈默感到整件事情龌龊不堪,也不想再为它伤脑筋了。

就在陈默以为这辈子再也见不到郑旻的时候,郑旻却主动来找到了他。

这天下班刚回来,郑旻来到他的住处,约他出去吃晚饭。

饭桌上,他说:"我已经把工作辞了,房子也退了。"

陈默问:"那你准备去哪儿?"

"我也不知道,走到哪儿算哪儿。我明天就动身,这也许是我们最后一次见面了。"

"不错,很潇洒的举动,挺符合你的性格。"

郑旻勉强地笑了笑,说:"我已经有很久没回过老家了。家里的情况我都忘得差不多了。我好像离那几间老房子那么遥远,远到都不好意思再回去看它了。"

陈默看着郑旻,琢磨着他心里在想些什么。看来,他现在遍体鳞伤,他的思想又让他回去寻找家庭的温情抚慰。多年以来他忍受着的一切好像已经把他压倒、击垮,林可妍的死给他带来了最后一次打击。这压死骆驼的最后一根稻草,使他失去了承受讥嘲的韧性。他的心被掏空了,成了一具没有任何情感寄托的行尸走肉。

"我爸想把他的手艺传给我,希望我跟他一样,留在老家做家具。"郑旻继续说,"我们一家三代人都干这个行当,总是一辈又一辈地传下去。或许这就是生活的智慧,永远踩着上一辈的脚印走下去。"

说到这里,郑旻轻轻叹了一口气,安静了一会儿。

"是什么让你想起写东西来了?"陈默突然问道。

"我在初中的时候投过稿,发表了一些小短文。我妈觉得很自豪。她还把我的文章拿给亲戚们看。后来我上了高中,接着又考进了大学。我爸妈脸上都很有光。他们省吃俭用,供我读大学,还给我寄钱,好叫我能维持生活。"

"现在你已经知道你的所做所为会给人们带来什么了。如果给你一个机会,你愿意改变自己的生活吗?"

"我不知道。"郑旻沉吟了好一会儿,才又说,"我不会。"

陈默有些无可奈何地说："你怎么还这么——"

"固执,对吗?"郑旻打断他道,"干吗要改变自己的生活?"

"我很怀疑,你的手段是否选对了。安于平淡又怎么了?当个普通人很丢脸吗? 只要你不是两手一摊不作为,得过且过混吃混喝,谁又有资格去苛责、去评价?"

"我不明白你的意思。"

陈默想了想,说："追林可妍也好,写作也好,我觉得你是在努力证明些什么。虽然我不太清楚你想要证明的是什么,但我很怀疑,这对你来说是不是最好的方法。"

"每个人只有一个命运,我没什么可选的。"郑旻不在乎地回答道。

"我现在明白你为什么会那样追求林可妍了。"陈默突然说。

"为什么?"

"我想——你是迷失方向了。一种莫名其妙的感情让你着了魔,逼着你走上一条危险、孤独的路。你一直在寻找一个地方,希望到了那里就能获得解放。我不知道你寻求的是什么不可思议的东西。你自己知道吗? 在某一个短暂的时间段里,你认为或许能在爱情中得到解脱。但后来林可妍死了,你的这种幻想也就破灭了。"

郑旻听了,冲他干笑了一下,说："你还真把我看透了。"

"不敢当，我只是想说出自己的看法罢了。"

"你还有什么要补充吗？"

"没有了。"

郑旻对陈默挥了一下手，不置可否地说："那就再见吧。"

"再见。"

然后，郑旻转身走了，再也没有回头看过一眼。

第二十五章

　　新的时代来了,新时代也带来了新的生活态度。各式各样的人意识到了自己的力量,吵吵嚷嚷,空气中早已充满了他们喧闹的喊叫声,但听起来却那么空洞;他们犹如一些可怜的浪荡女人,虽粗俗不堪、毫无魅力,却仍希望靠涂脂抹粉、靠轻狂浮荡来彰显自己的存在。但实际上连他们说话的腔调前人也已用过无数次,而且丝毫也没有变化。钟摆晃过来又荡过去,这一旅程永远反复循环。

　　郑旻走后,陈默把自己更多的心思投入了工作中。实际上,由于职业的关系,他也断断续续读了一些作者写出来的文字。他们当中可能有一位更尖锐的鲁迅或者更浪漫的徐志摩,而且已经发表了将被世界长久记忆的华章——这他也说不定。他赞赏他们的优美词句,惊叹他们精巧的文体;可他觉得,虽然他们用词丰富、才华横溢,却没告诉他什么新鲜东西。在他看来,他们知道得太多,感觉过于肤浅;对于他们拍他肩膀的那股亲热劲儿,他实在受不了。他觉得他们的热情似乎没什么血色，他们的梦想也有些平淡。他不喜欢他们。相比起来，反倒是郑旻给他留下的印象更深，虽然他也确实不怎么喜欢郑旻。

这天，陈默在上班时，有位同事走过来，说老总王志坚找他，让他现在就过去。

陈默怀着疑问走进了王志坚的办公室。

王总看见了他，很热情地说："小陈，坐吧。"

陈默坐了下来，说："王总，找我有事吗？"

"哦，当然有事。"王志坚神秘地一笑，"你知道我刚刚做了件什么事吗？"

"什么事？"

王志坚把一叠发黄的稿子拿出来，放到了桌子上，说："我找到了你那个朋友的小说。"

"朋友？哪个朋友？"

"你忘了？就是上次你给我提过的那个人。"

陈默惊讶地问："你是说郑旻？"

"对，对，郑旻，就是他。"

"哦，你认为他写得怎么样？"

王志坚对陈默笑了一下，说："写得怎么样？小陈，我要谢谢你。"

"谢我？"

"是啊，谢你。谢谢你坚持让我看了他的这部书稿。"

第二十五章

"这么说你觉得他写得不错？"

"谁知道呢，我还没读。"

陈默有些困惑地看着王志坚，说："王总，你把我搞糊涂了。你把我叫过来，到底是为了什么事情？"

王志坚冲他招了招手，说："你过来看看。"

陈默站起来，朝老总的办公桌走过去。王志坚把桌上的电脑显示器转过来给他看。

屏幕上出现的是郑旻发在网络上的那篇名叫《远走高飞》的小说。

这时，王志坚提醒他："看看这小说的点击量是多少。"

陈默又仔细看了一下，惊讶地叫出了声："过四百万了？后面还有上万人在跟帖评论。"

"现在你知道了吧？你的那位朋友火了。"

陈默突然有些明白了："你的意思是说——"

"没错，帮我联系他，告诉他我非常愿意向公众推出他的作品。"

"可外面也有很多对他的负面评价啊！"

"一位跳河殉情的'当代梁山伯'，居然还是个作家。"王志坚充满激情地说，"想想看，在这个疯狂的城市里，一个爱得那么深切的作家，被金钱和世俗淹没，沉溺在失去爱人的痛苦中，就像一只蝴蝶惨死在车轮下——我想，人们都愿意掏出钱包，买这样一个人写出来的书。"

讲这番话的时候,他的表情和语气都很夸张,仿佛他已经看见无数张钞票正在争先恐后地飞进自己的钱袋。

陈默无可奈何地笑了笑,说:"没错,他如今是很有卖点了。可是王总,我现在恐怕已经找不到他了。"

"怎么会呢?他不是你的朋友吗?"

"他的电话停机了。而且他好像已经离开杭州,回老家去了。"

"这个好办,从明天起,你不用来公司上班了。"

"什么?"陈默吓了一跳。

"哦,不,小陈,对不起,我太着急了。"王志坚带着歉意的笑,"我是说,明天你就出一趟差,差旅费公司全给你报销,事情办成之后还另有奖金。你不是说他回老家了吗?那你就追到他老家去。无论如何,把他给我找出来。"

陈默长吸了一口气,然后又呼出来,无可奈何地答道:"那好吧!"

这天晚上,陈默就整理好了行李。第二天,他先去了一趟母校,在教务处找到了郑旻之前登记过的家庭住址信息,那是河北省保定市的一个小村庄。然后,他又马不停蹄地来到火车站,买了一张去保定的火车票。

下午,他上了车。即将驶离杭州的时候,火车拐了一个弯,开始背着太阳走,西沉的太阳光芒四射,似乎在为这个城市祝福。他有些茫然地看着窗外的景物,同时不自觉地伸出手去,仿佛想抓住一缕轻烟。但在他模糊的眼前,一切都跑得太快了。随着年龄增长,他知道他已经失去了其中的那一部分——最新鲜最美好的部分永远失去了。

　　经过漫长的旅程之后,火车终于开到了保定站。陈默下了车,先找了一家旅馆休息了一会儿。然后,他开始向着郑旻的老家进发。

　　一路打听,一路颠簸。转了三四趟车后,陈默终于来到了目的地——那个小村子。

　　他好奇地看着眼前的景象,难以想象郑旻就出生和成长在这个地方。这里的萧条破败是一目了然的。此时,这村子偃卧着,仿佛消失在了这灰蒙蒙的空气中。路两旁坐着不少行将就木的老人,零零星星传来几个半大孩子的嬉闹声。在这样的氛围中,整个村庄看起来很像一只死了的动物,罩上了它的殓尸布。

　　陈默向一位老人打听郑旻的老家到底在什么位置,但他发现他们之间完全没办法交流,因为这位老人的耳朵有点背,说出来的话他也根本听不懂。后来,又等了好一会儿,陈默总算拦住了一个骑着摩托车经过的年轻男人。

　　"你好,打扰一下,请问你认识郑旻吗?"

　　"认识啊,怎么了?"男人眼神里带着警惕,打量着陈默。

"他家在什么地方？"

"你是谁？找他有什么事？"

"我是他的大学同学，出差路过这里，想来看看他。"

"哦，喏，前面那家就是。"那男人指了指不远处的一座平房。

"他现在在家吗？"

"这我可说不准，我可是有好多年没见过那小子了。"

"好的，谢谢你了。"

"不用不用。"那男人发动了摩托，临走时，陈默好像听到他有些不满地低声咕哝了一句，"真是的，找谁不好，偏偏来找他。"

顺着路走过去，陈默来到这家院落的大门前。他犹豫了一下，才举起手来，拍响了门，里面随之传来一阵狗叫声。

等了一会儿，门"吱呀"一声打开了，里面出来一个看上去五十多岁、脸上刻满皱纹的妇女。

"请问这是郑旻家吗？"陈默很有礼貌地问。

那个妇女点了点头，用有些蹩脚的普通话问道："你是哪位？"

"我叫陈默，是他的大学同学，我想找他谈点事情。您就是郑旻的妈妈吧？"

"是的，先进来坐吧。"

陈默答应着,随她走进了院子。狗叫声更猛烈了,郑旻的母亲冲那条拴着的狗喝斥道:"叫什么叫? 没看见是客人来了吗?"

但那狗依然在那里叫着,一直到两人走进堂屋之后才停下来。

屋里的光线不大好,显得有些阴暗。家具摆设看上去也老旧了,闻起来有一股隐隐约约的霉味。那张已经破了几个洞的沙发上,木然地坐着一个男人。

"哎,快起来吧,没看见来人了吗? 是来找咱们儿子的。"郑旻的妈妈冲那个男人说。

那男人勉强站了起来。

陈默说:"叔叔好,我是郑旻的大学同学,今天来找他办点事情。"

郑旻的爸爸面无表情地看着他:"哦,坐吧。"

郑旻妈妈对两人笑了笑,说:"你们先聊,我去泡壶茶。"说完,她就去另外一个屋子忙活了。

然后,房间里出现了一阵短暂的静默。

"你是从哪里过来的?"郑旻爸爸突然问。

"杭州。"

"是来找郑旻的,对吧?"

"对。"

"我们也不知道他在哪里,他不是一直都在杭州吗?"郑旻的爸爸非常冷淡地说，没显示出一丁点儿的热情。

"什么？"陈默非常惊讶地说，"他没回来吗？我还以为他回来了。"

"他离开家快三年了，从没回来过。"

"那他跟你们联系过吗？"

"没，一个电话都没有。"

"不会吧！"陈默大惑不解，"怎么会这样？那他能去哪儿呢？"

他没有得到答案，因为郑旻爸爸闭上了嘴巴。

这时，郑旻妈妈端着两杯茶水过来了。她对陈默笑了一下，把其中一个杯子递了过去。陈默客气地接了，说："谢谢阿姨。"

"不用谢，我们乡下人家，也没什么好招待你的。你刚才说，郑旻现在不在杭州了？"郑旻妈妈试探着说。

"我之前以为他回家了，才来这里找他的。现在我也不敢肯定他在不在杭州了。"

"他怎么了？出什么事了吗？"郑旻妈妈有些急切地问。

陈默正要开口，突然又觉得一言难尽，于是他从包里掏出来一叠这几天的报纸，递了过去，说："这些事挺难讲的，要不您看一下报纸吧。"

郑旻妈妈脸上露出了不好意思的笑容："我不识字。"

"哎，你还不快接过来看看？"她又转头对郑旻爸爸使了个眼色。

郑旻爸爸瞪了她一眼，不耐烦地接过报纸，看了起来。

屋子里再次安静下来。陈默觉得，这种沉闷的气氛越来越让他不舒服了。

过了一会儿，郑旻爸爸抛下报纸，说："报上说，你那儿子看上了一个结了婚的女人。后来那女人跟她丈夫闹离婚。矛盾越闹越大，她丈夫就把她给砍死后自杀了。你那儿子知道了这个消息，也跳河了。"

听到这里，郑旻妈妈惊恐地瞪圆了眼睛，难以置信地问："这——这怎么可能？怎么可能会这样？"接着，她又用求助的眼神看着陈默，语无伦次地说，"哎，小伙子，你见过他没有？他没事吧？他不会真不在了吧？"说着说着，她的眼圈就红了。

"他没事，那会儿有人把他救了上来。前几天我还见过他。只是——"

"只是什么？"

"只是我现在找不到他了。"

"我们也真不知道他去哪里了，"这时候，郑旻爸爸突然插话道，"过会儿我们就要出去干活了，村西头老杨家的儿子结婚，还有一大堆家具等着做，我看就这样吧。"

陈默想不到这么快就接到了逐客令。他尴尬地站起身来，正准备告辞，郑旻妈妈却不答应了。她情绪突然崩溃了，泪流满面地大声斥道:"你这个当爹的到底还有没有人性!你不要你儿子,我要!好不容易有点消息,你就这样把人家赶走?你还让我活不活?"说完,她的眼泪就开始像断线的珠子一样,直往下掉。

"好!好!"郑旻爸爸也爆发了,"今天当着外人的面,我也不怕出丑。你还念着他是吧?你当他是自己的儿子,他认得你这个妈吗?三年了,他有给你打过一个电话吗?你要他,你就自己跟这个小伙子聊去。我没这个儿子,别让我再听见他的名字,我听见就恶心!"

郑旻妈妈脸上露出了悲痛欲绝的表情,说:"好,小伙子,走,我们出去说。"

陈默惊呆了,他完全没想到会出现这样的状况。他只好跟着郑旻妈妈,准备出去。

但这时郑旻爸爸叫住了他:"等一等。"

他机械地站住,转过身去。

郑旻爸爸指了指桌子上的报纸,说:"你忘拿这个了。"

陈默脸红了一下,低声说了一句"哦",飞快地拿起报纸塞进包里,随着郑旻妈妈来到了外面。

"不好意思,让你看笑话了。"郑旻妈妈在院子里站定,表情痛苦地说。

"没事,没事。"陈默尴尬地笑笑。

第二十五章

"他跟他爸闹过别扭。"

陈默满以为郑旻妈妈会接着说下去,但她没有。

过了一会儿,她才又说:"你来找他干什么?"

"哦,是这样的,我是一家出版公司的编辑,我们老总看中了他写的一本书,要我找到他,跟他签约。"

郑旻妈妈脸上露出了一丝喜色:"真的吗?我就知道会有这么一天的。这孩子打小就喜欢写写弄弄的,上初中那会儿还发表过几篇文章,真是从小见大,是不是?"

"真是从小见大。"

"别人不懂他,我懂,毕竟儿子是自己身上掉下来的肉啊,"郑旻妈妈叹了一口气,"你是没见过他那股倔强劲儿,他是注定了要出人头地的。他在这方面一向是了不起的。"

郑旻妈妈说完后,眼巴巴地看着陈默,她满以为他会夸赞她儿子几句。

陈默有些不自在地笑了笑,说:"但现在最大的问题是我找不到他。"

"你可以去县城里问问,"郑旻妈妈想了想,突然说,"有个女人名字叫郑玉洁,说不定她知道他在哪里。"

"我要到哪儿找她?"

"我给你说一下地址,你记下来吧。小伙子,要是真有我儿子的消息,请你一定要给我说一声。你要是找到了他,就告诉他,家里人都在等他回去——这几年,你是不知道我怎么熬过来的……"说着说着，郑旻妈妈的眼泪又掉了下来。

"我一定，放心吧。"陈默答道。

第二十六章

　　这天傍晚,陈默来到了那个小县城。在一家小旅社里住了一夜之后,第二天上午,他就找到了郑玉洁的家。这是个相貌很普通的女人,二十七八岁的模样,穿着一身旧家居服,朴素得近乎严肃,使人联想到她或许遭遇过什么不幸。

　　"请问——郑旻在吗?"他开门见山地问道。

　　那女人的脸色一下子变了:"你是谁? 找他干什么?"

　　"我是他的朋友,我从杭州来,有一些工作上的事情要找他谈谈。"

　　她的语气稍微有点缓和了:"他不在这里。"

　　"那他去哪儿了?"

　　"我不知道。"

　　"你是他妹妹吗?"陈默记得郑旻好像说过他有个妹妹。

　　"妹妹?"那女人苦笑了一下,说,"不,不是。"

　　"那你是……?"

　　"我是他老婆——以前是。"

"老婆?"陈默被惊住了,不由自主地重复道。

"嗯,不过现在不是了,我们离婚了。"

"这我倒还没听他说过。你能不能跟我说一下他的情况? 现在我有一件很重要的事情,必须找到他。"

"那你进来吧,我们慢慢谈。"她说。

陈默跟在她后面,走进了客厅。窗帘没有完全拉开,所以室内的光线显得有些暗。一个三十多岁模样的男人正站在前方,面色凝重地看着他。陈默顿时觉得他就这样进来是一件极其尴尬的事。

"这位是……?"他问道,故意装出一副若无其事的样子。

"哦,这是我哥。家里的电路坏了,他来帮我修一下。"郑玉洁说,"坐吧,别客气。"

陈默走过去,跟那男人握了握手,相互道了一句"你好",才坐了下来。他感到忐忑不安,想不出一句要说的话来。但郑玉洁解救了他;她问起他旅途上的事。有她开了这个头,他多少也能找到一些话说。

后来,他终于触到了正题:"最近郑旻跟你联系过吗?"

他这句话一问出口,房间里就出现了一阵令人尴尬的沉寂,仿佛时间在此刻突然静止了似的。

"以前他没跟我联系过。"过了一会儿,郑玉洁才说,"不过前几天,有个杭州的号码打通了我的手机,我接了,但那边没人说话。"

"哦,那一准儿就是他。"

"我也这么觉得。杭州那边我又不认识什么人,除了他——你先坐,我去给你倒杯水。"刚说完,郑玉洁就有些哽咽了,眼眶里也闪动着泪花。她站起来,匆匆地跑出了客厅。

陈默吃了一惊,看来提起关于郑旻的话题,还是会对她产生不小的冲击。

"你听说过那个无赖干的那些好事儿吗?"她哥哥有些轻蔑地撇了撇嘴,突然说。

"我不太清楚,"陈默踌躇了一会儿,"我不知道到底发生了什么,郑旻也从来没跟我讲过。"

"他逃跑了,自己跑到杭州去了。他把玉洁扔了,留下了一堆烂摊子。"

"是吗?"陈默说。他实在找不到别的什么话了。

"我不知道她以后该怎么办。他们结婚还不到一年,他就跑了,"那男人没好气儿地说,"我从一开始就觉得他不是个好东西。当然了,他是我妹夫,我就得忍着。"

"他为什么要跑呢?"

"他说他要去写作。"那男人哼了一声。

"写作?"陈默吃了一惊,"因为这个就一定得离婚吗?"

"鬼知道那小子脑袋里是怎么想的。可能他只是随口编了个瞎话,我们都觉得他在杭州有别的女人。"

"当初——就没一点挽回的余地吗?"

远走高飞

"你是不知道,那小子平时闷不吭声的,实际上可犟着呢!"那男人把拳头一挥,恨恨地说,"玉洁拿他根本没办法,最后只能跟他离婚。玉洁的名声就这样随随便便被他毁了。那些喜欢背后戳脊梁骨的人还真以为玉洁有什么不好的地方呢!他最好别叫我遇见。再看见他的话,我不把他打个半死才怪!"

陈默悄然不语。他体会过这种滋味:一个人受到伤害和侮辱,却又没有力量朝对方直接施行惩罚,这确实是一件痛苦不堪的事。这时,郑玉洁端着一杯热水,又回到客厅。她已经把眼泪擦干,重新化了妆,整个人看上去稍微精神了一些。

"喝口水吧,"她把杯子递过去,"真对不起,刚才让你见笑了。"

陈默接了杯子,却不知道该说些什么。

"你在杭州见过他吗?"她问。

"当然见过。"

"他过得怎么样?"

"他租了间小房子,一个人住着,还做了一份推销员的工作。"

"那他有没有跟哪个女人住在一块儿?"

"没有。"

"我想知道的就是这件事。"郑玉洁接着说。

"据我所知,确实没有什么女人跟他住在一起。"陈默想了想,慎重地说。

"这个浑蛋八成是脑子出毛病了! 我们也弄不清是哪个女人。"此时,郑玉洁的哥哥插嘴道,"我们只知道那个流氓跑到杭州去了。"

"这么说你们对他的情况也不了解?"陈默问。

"他走之后,就再也没有消息了。他是早就盘算好了的。两年多前,他说要跟玉洁离婚的那天,就跟平常的日子一模一样。那段时间,他们一起回了乡下老家。后来,他先回县城了,玉洁就在老家多住了几天。后来,他用手机给她发了一条消息,说他已经决定要跟她离婚了。"

"他是怎么解释的?"陈默问。

"他根本没有解释。他只说他要去写作——要是这也算解释的话。"

"真是奇怪了。"

"这还用说! 除了老实承认自己是跟另外一个女人私奔之外,他是没办法解释这件事的。幸好房产证上也有玉洁的名字,不管怎么说她还能有个落脚的地方。"

"哥,你别说了!"郑玉洁突然开口打断道,"要不你先回去吧,嫂子还在家里等着你呢!"

"干吗现在让我回去?"她哥哥惊讶地问。

"我有些事想单独跟这位大哥商量一下。"郑玉洁看了陈默一眼,又转过头来,坚决地说,"你还是走吧。"

"好,我走,"那男人站起身来,有些愤愤然却又无可奈何地说,"你们慢慢聊!"

说完,他冲陈默不自在地笑了笑,就离开了。

房间里出现了一阵短暂的静寂。然后,郑玉洁勉强笑了一下,"这位大哥,还不知道该怎么称呼你呢!"

"哦,我叫陈默。"

"你是郑旻的朋友,对吧?"

"嗯,应该算是。"

"那要是我有事求你帮忙,你肯定也愿意了?"

"我当然愿意,不过还要看我办不办得到。"

"也不是什么大事——你要是找到了他,能不能帮我转告一些话给他?"

"转告一些话?"陈默有些疑惑地问道。

"是啊,"郑玉洁看了他一眼,又有些颤抖地接着说,"两年前他刚走的时候,我哥哥就想去杭州找他讨个说法。但我知道他肯定不是办这种事的人,就把他拦住了。他只会把事弄得更糟。更何况杭州那么大,我们也根本不知道他到底在哪里。"

"可我毕竟只是个外人啊,我没什么资格掺和你们的私事,没准儿他一句话就把我打发走了。"

"你说得没错,可这对你也没有什么坏处。"她强迫自己笑了一下。

陈默问："那你想叫我跟他说什么话？"

然而，她并没有直接回答他的问话："我认为你是个外人反而有好处。你知道，他也不喜欢我哥。我哥会对他发脾气。两个人一见面，话说不了两句没准儿就会打起来，事情不但办不好，反而会更糟。如果你见到他，就说你是代表我去的，他是不会拒绝你的。"

"我跟你们打交道的时间都不长，"陈默回答说，"这种事是很难处理的。说实在的，我也不愿意打听跟自己无关的事情。"

"但除了求你之外，我实在找不到别的办法了。"

陈默没说什么。他真希望没来这里。他偷偷看了她一眼，看到她脸上带着一种隐隐的殷切期望。她发现了他的目光，就又叹了一口气，冲他笑着。

"这么突然，"她接着说，"我做梦也没想到郑旻是这样一个人。刚结婚那会儿，我们相处得一直都挺好的。当然了，我有许多兴趣爱好跟他不一样。"

"那你知道他到底为什么走吗？"

"我不知道，没人知道。太奇怪了，之前我还以为他一直生活得很幸福呢。"然后，她的眼圈又红了起来，接着说，"他刚走的那段时间，我真的快要疯了，整天不吃不喝，一想到要吃东西就会犯恶心。好，慢慢地一天又一天，日子就这么一点一点地打发过去，事情也就过去了，离自己远了。可我还是忘不了呀！我觉得心底里总有个东西搁在那儿，有块心病在那儿！"

可怜的女人！陈默很替她难过。但过了一会儿，她逐渐平静下来。

"不该让人家拿我当笑话看，"她擦了擦眼睛说，"要是能把他找回来就好了。"

她有些语无伦次地继续说着，一会儿说刚过去不久的事，一会儿又说起他们初次相遇和结婚的事。但这样一来，他俩的生活在陈默的脑子里倒逐渐形成了一幅相当清晰的图景。陈默觉得他的臆测还是正确的：大学毕业后，郑旻的爸妈把他叫回了老家。经人介绍，他认识了郑玉洁，并跟她结了婚。然后，他们在这个小县城买了房，定居下来。

"就算是他对我厌烦了，我也不理解他怎么会忍心把工作也丢掉了。他进了我们县的高中，当了一名语文老师。学生们还都挺喜欢他的。挺好的生活呀，为什么他说不要就不要了呢？到今天我也不能相信这会是真事。没一句解释的话，也没一句道歉的话。你是不是觉得他太没人性了？"

"在这种情况下是很奇怪。"陈默回答。

"只有一个解释，那就是他人已经变了。我不知道到底是什么原因，但他肯定变了。"

陈默半晌儿没有言语。心里怀着这样被压抑着的情感，

第二十六章

还要使自己举止得体、装出一副坦然的样子,实在很不容易。她的声音哽住了。她拼命克制着自己的感情,那种痛苦简直太可怕了。

过了一会儿,他说:"如果你想让我替你转告一些话,我当然会帮忙的。但你得跟我说清楚,你要叫我去做什么。"

"我要叫他回来。"

"他这样对待你,你还能再跟他生活在一起吗?"

"我不知道。我就是想让他回来。要是他回来了,我可以把以前的事放下。人家都说'一日夫妻百日恩',不管怎么说,我们毕竟做过两口子。两年多了,我一直没改嫁,没人知道我是怎么熬过来的。要是他现在回来,我会原谅他的。告诉他,我在等他回来。"她可怜巴巴地说,"你会帮我把这件事办好吧?"

陈默看出来了,她在施展一切手段来打动他心中的怜悯。她的眼泪又开始一个劲儿往下掉。他心里也难过极了。他无意间撞穿了郑旻的大秘密,看到了他那倔强外表下掩藏着的更深层的东西,不禁对他的冷酷无情非常气愤。他答应她,他要尽一切力量劝说郑旻回来。之后,他们两人都由于感情激动而疲惫不堪,他就向她告辞了。

第二十七章

　　郑旻老家之行，最后以失败而告终。陈默没能找到郑旻，但当他坐上返杭的大巴车时，他却不感到沮丧，反而有一种终于解脱了的快感油然而生。

　　陈默觉得，郑旻这个人，代表了自己真心鄙夷的一切。这人身上笼罩着一层瑰丽的异彩，他对于人生的希望具有一种高度的敏感。这种敏感是一种异乎寻常的永葆希望的天赋，是一种富于浪漫色彩的敏捷。可以推想到，他的想象力根本就没有真正承认过自己那无法抹去的农村穷小子身份，也没有真正承认过自己的父母。同样，他也没把自己那个普普通通的妻子当回事。实际上，支撑他活着的动力正是来自他对自己的柏拉图式的理念，他把自己献身于一种博大、庸俗、华而不实的美。

　　暗红如血的残阳挂在天空中，汽车奔驰在高速公路上。杭州快到了。陈默坐在车里，路两旁矗立着的巨大广告牌不断从眼前掠过，景色渐渐向远方伸展。半个小时后，车就到

了杭州北站。在踏上这片土地的那一刻，陈默觉得空中突然
出现了一股清爽的凉气。他深深地呼吸着这凉气，在这几天
奇异的旅行里他意识到自己与这个城市之间的血肉相连的
关系，然后他就要重新不留痕迹地融化在其中。

　　回来之后，他先好好睡了一觉。第二天上班时，他去找
了王志坚。

　　"王总，不好意思，我没完成任务。"他说。

　　"怎么回事？你没找到他吗？"王志坚道。

　　"是的，到处都找不到他。我在他老家打听了个遍，也没
得到他一丁点儿消息。"

　　"真奇怪，这小子能跑哪儿去呢？"

　　"谁知道呢？没准儿他已经不在这个世界上了。"陈默突
然冒出了这么一句话。

　　王志坚愣了一下，说："别说，还真是，我也早该想到这一
点的。"

　　陈默笑了笑，没有答话。

　　王志坚又大度地微笑着说："没关系的，小陈。你没找到
他，只能说明咱们运气不好，这钱咱赚不了。你先回去工作
吧，这件事也别往心里去。你也知道，这些个舞文弄墨的人，
性格真是不好捉摸。"

　　"好的，那我先回去了。"陈默答应着，走出了王志坚的办

公室。

　　陈默觉得,此时他心中还洋溢着许多冲动,要去立刻办很多事情的冲动。徐泽洋的儿子已经过了满月,他去这个老伙伴的家看了看。小晨晨明显长大了一圈。刘静还在坐月子,于是她妈妈也从老家赶到了杭州,来照顾自己的女儿和外孙。徐泽洋还沉浸在初为人父的喜悦中,时不时地用充满爱意的眼神看着小晨晨。一家四口其乐融融,陈默发自内心地羡慕。这是他以前从未体验过的感觉。

　　他又抽空去了珠宝店,精心挑选了一枚钻石戒指。在一个周末的晚上,他约周语菲到一家高档餐厅里。他俩在一起吃饭,也喝了一些酒,彼此间聊得很尽兴。他找了一个好时机,单膝跪地,掏出了装着那枚钻戒的小盒子,打开来。他温柔地看着她,微笑着说:"周语菲女士,我有个问题想问你。"

　　周语菲激动得捂住了自己的嘴巴,旁边用餐的人也友好地鼓起掌来。

　　"你愿意嫁给我吗?"陈默说。

　　"我还有其他的选择吗?"过了一会儿,她幸福地说,"我愿意。"

　　他拿出那个戒指,拉起她的手,给她戴上。他注视着她,从来没有像现在这么亲切,从来没有像现在这么充满爱慕。

　　然后,他们拥抱在了一起。

第二十七章

然而，除了甜蜜之外，他心里还藏着另外一种莫名其妙的失落感。但即便如此，他心中也有一个坚定的念头，那就是，他决不会跟郑旻一样。

平淡的日子一天天过去，先是几周，然后是几个月。这段日子里，他们双方的父母见了面，周语菲的姨妈也在新筹备的公司里给他留了一个很不错的职位。等到夏天快要结束的时候，陈默已经差不多快要把郑旻的那些事情忘记了。直到有一天，他走进了一家书店里。

随手翻阅的过程中，他突然愣住了。他看到，在书架最醒目的位置上，赫然摆着一本装帧精美的新书，书名是《远走高飞》，作者是郑旻。他有些吃惊，赶紧拿起那本书来，翻了翻里面的内容，果然就是他所认识的那个郑旻写的那本书。

他想了想，还是买了一本回去。看来，郑旻还活在这个世界上。这本书能出版，他也不觉得惊讶。因为像他们这样急于赚钱的出版公司还有很多。

然而接下来的一波宣传攻势还是吓到了他。各大文学网站、论坛以及社交媒体上满是这本《远走高飞》的封面，同时还有各式各样的书评，长的、短的，应有尽有，让人目不暇接。

接下来还在持续发酵。某个还算知名的文学奖项干脆把年度最佳的桂冠颁给这部书，并附评语如下："《远走高飞》让我们看到了一个久违的、如超新星一般在文学的地平线上迅速升起的新生代作家,他的思路清晰缜密,他的文字发人深省,他创作了一部非凡的文学作品。我们很荣幸地宣布,本年度最优秀文坛新人奖的得主是——郑旻!"

陈默看了郑旻上台领奖的视频。画面中,他不带任何感情地发表了获奖感言:"谢谢大家的抬爱。我不过是把一个男人为梦想奋斗的真实故事,在想象的过程中记录下来而已。我没想到这样小的一本书居然能打动这么多来自不同领域的读者,希望我还有灵感写出第二本。我不打算占用各位太多时间,最后我想说的是,今晚的这份荣耀是大家赐予我的,再次谢谢你们,谢谢每一个支持我的人。"说完,在经久不息的掌声中,他就匆匆离场了。

这部书获奖之后,读者们自然趋之若鹜。陈默甚至可以在公交车上和地铁上看见不少人手里拿着这本书。出于某种好奇心,他选了一个夜深人静的晚上,再次读起了它。

夜色深沉,万籁俱寂。书纸一页页翻过,故事一层层推进,他最初的看法也在一点点变化。他不禁跟这些幻想中的故事与场景、跟那些虚构出来的人物同呼吸、共命运,好像他们是自己的亲人,好像他们是确实存在的人。渐渐地,他无法抗拒地爱上了他们,开始跟他们同欢乐、共悲伤。

不知不觉中,他看完了这部书。这故事起初是平静的,平静得让人有些沉闷。它使人想到一条小河,蜿蜒流过曲折的河道，与岸边郁郁的树丛、凶恶的险滩交相掩映，直到最后注入烟波浩渺的大海中。但大海却总是那么平静，总是沉默无言、声色不动。直到最后，海里那股暗流突然在海面掀起一阵铺天盖地的波涛，他才终于感受到那种让人无法抵挡的震撼力。

看来，当初他确实错怪了郑旻——他如今寻得了一个机会，成了家喻户晓的文坛红人，这不禁让他侧目。但他也承认，刚刚认识郑旻的时候，他从没注意到这个人有什么才华。可现在，郑旻受人揶揄讥嘲的时代已经过去了。那些崇拜者对他的赞美固然有些过分，但有一点是不容置疑的，那就是他的确具有天才。

不过，陈默也知道，郑旻没交下什么朋友，甚至还树了不少敌人。他的生活中有不少离奇可怕的行径，他的性格里也有不少荒谬绝伦的成分，这让他无论如何也改变不了郑旻在自己心中的印象。

第二十八章

　　在经历过这种种事情之后,陈默不禁自问:是不是以前自己过于迟钝,才没看出郑旻身上那超越常人的才华？也许是这样的。在这短短的几个月里,他通晓了不少新的人情世故,但他想,即使当时就有今天的阅历,他对郑旻的判断也不会有什么不同。

　　然而,他依旧忘不了郑旻妈妈那痛苦的表情,也忘不了郑玉洁的苦苦相求。所以他决定去见一见郑旻,尽管如今见他一面并不是一件容易的事。

　　不过他还是等到了机会。这天,郑旻要到省图书馆的礼堂参加一个文化访谈活动,于是陈默也去了那里。

　　现场座无虚席。当郑旻出场时,全场的人都起立鼓掌。他已经跟当初大不相同,如今的他,显得更加沉稳,更加坦然,身上也更有一种冷酷的气质。

　　他微笑着向观众致意,然后坐到了主持人旁边。

　　那位漂亮的女主持人对他表示了欢迎,然后,她就对他开始了提问："关于你的作品,你在对道德行为做出评判前通常都会犹豫一下,对此你是怎么看的?"

郑旻笑了笑,笑中充满魅力:"没错,我是犹豫了,我认为对一个作者而言,最重要的是提出那些他们自己也永远不会知道答案的问题,而不是给出这些问题的答案。"

观众席上传来一阵善意的笑声,但陈默却无心听这些讨论。此时,他满脑子想的都是该如何去找郑旻,又该如何完成那两个女人交给自己的使命。

直到那位主持人这样发问:"有一个问题,也许我不该问,但大家都挺想知道的——对于林可妍那件事,你怎么解释? 你现在还想着她吗?"

陈默回过神来,现场也一片寂静,大家都凝神屏气地等待着答案。

"我想挽回一切,"过了好一会儿,郑旻才缓缓说道,"但一切都没办法挽回了。世上没有后悔药,不管我怎样谴责自己,都无济于事了。"

"当初跳下河时,你心里是怎么想的?"

"我控制不住自己。我很爱她,我不敢想象没有她的生活会是什么样子,失去她还不如让我死。"

观众席上发出一阵唏嘘的感叹声,连主持人也不禁悚然动容了。

"在你眼里,林可妍是个什么样的人?"她又问。

"她就是我梦里的那个人,无论是谁都代替不了的人。"郑旻停顿了一阵子,似是已完全沉浸在了回忆中,过了一会儿,他才接着说,"她走后不久,我去了舟山的一个小岛,那儿是我们约定好要去的地方。那些天,我几乎每时每刻都在想着她,为她遭受的一切感到心碎。如今我觉得好受了一些。不过,从另一方面来说,这件事也帮助我走出了长久以来的阴影,再度整装待发,不再为过去所困。"

"你从这件事里得到了什么启示吗?"主持人又问。

"我意识到了我的悲哀。"郑旻低下了头,又把头抬起来,"我的悲哀之处就是我爱自己的文字胜过了爱那个女人。所以我提醒大家,一定要珍惜眼前人,不要重演我的悲剧。"

观众们又是一阵叹息,同时对郑旻报以热烈的掌声。

访谈结束后,是签名售书的环节。陈默也排进了长长的队伍中。等轮到他时,他递给郑旻一张字条。上面的内容很简单:"我想见你一面。"

郑旻抬头看了看,发现是他,愣了一下,但又马上恢复了平静。

等他签完,陈默走开了,就站在一旁等着。果然,没过一会儿,一个工作人员就走过来,说:"您好,郑先生让我转告您,请您先到旁边的休息室等一下,他马上就来。"

陈默答应着,随那个人进到了一个房间。

等了大概十分钟,门"吱呀"一声开了,郑旻走了进来。

"好久不见。"他坐下来,微笑着说。

"是啊,好久不见。"陈默有些不自在地回答。

"最近好吗?"

"还不错,我跟周语菲要结婚了。"

"哦,那确实不错,祝你们幸福。"

"我想我还是坦白跟你讲我为什么来找你吧。"一阵静寂后,陈默盯着他说。

郑旻做了个"请"的手势:"你说便是。"

这时候,陈默还真不知道该怎么去办自己承诺下的差事了。他准备好的那几套说辞,哀婉的也罢、激愤的也罢,在这里似乎都显得不合拍了。

"前一段时间,我去过你老家了。"他想了一会儿,才说。

郑旻脸上的表情有点吃惊。他问道:"是吗? 你去那里干什么?"

"我们老总要我找到你,想签你的那本书。我以为你回老家了,所以就去那里找你。"

"哦,你们晚了一步,那时候已经有好几家出版公司来找我谈了。"

"我明白,我要说的不是这个。"陈默看了他一眼,"我去你老家的时候,见到了你的父母,还有你老婆,不,准确地说应该是你的前妻。"

郑旻的眼里有一道光闪过："他们跟你聊了些什么？"

"你妈妈想念你，我临走时，她流着泪跟我说，她非常想见见你。至于郑玉洁，她求我转告你，她想让你回去，她在等着你，还打算跟你复合。"

陈默说完这番话，又瞥了郑旻一眼，想看看他的反应。可郑旻只是面无表情地悄然听着，一句话也没说。

"你想过没有，"过了一会儿，见他不说话，陈默才又接着说，"在你离开的这几年里，她过得非常痛苦？"

"事情总会过去的。"郑旻说。

他说这句话时的那种冷漠无情，陈默简直无法忍受，但他尽量掩饰着自己的情绪。

"我说话不想跟你转弯抹角，你不介意吧？"他说。

郑旻笑着摇了摇头。

"这样对待她、对待你的父母，你觉得说得过去吗？"

"说不过去。"

"你有什么不满意郑玉洁的地方吗？"

"没有。"

"那么，你这样离开她，是不是太不负责任了？"

"的确是。"

陈默看了郑旻一眼，感到非常惊奇。不管他说什么，他都赞同，这反而让他不知道该怎么说下去了。是啊，如果罪犯对自己犯下的罪行供认不讳，规劝的人还有什么事情可做呢？

陈默觉得自己有些冒火了。从任何方面来讲,这都是一件极端严肃和沉重的事,可郑旻的答话却带着一种幸灾乐祸、厚颜无耻的劲儿。这种行为实在有点可恶。

"这么说,你不打算回郑玉洁那儿了?"他盯着郑旻问。

"永远都不回了。"

"她可是愿意把发生的那些事全都忘掉,一切从头开始。她不会再责怪你的。"

"她爱干什么就干什么去。"

"你真的太过分了!"

"我看就是这样的。"

"你一点儿也不觉得惭愧?"

"我不惭愧。"

陈默想再变换一个手法,于是又说:"你老家里的人都认为你是个没人性的浑蛋。"

"随便他们怎样想。"

"我怀疑,如果一个人知道自己的亲戚朋友都责骂自己,他还能不能心安理得地活下去。你就一点儿也无动于衷吗?谁都不能没有一点儿良心,早晚你会受到良心谴责的。想想你这么久都没回去看看自己的父母,你难道一点儿都不悔恨?"

"我会给他们打电话和寄钱的。"

　　郑旻依旧冷静得要命,眼睛里始终闪着笑意,倒仿佛陈默在说一些愚不可及的蠢话似的。

　　陈默又说:"郑玉洁觉得你在杭州还有另外一个女人。"

　　郑旻愣了一下,但马上就大笑起来。

　　"我看不出这有什么可笑的。"

　　"可怜的玉洁,"郑旻收住笑容,接着,他的面容就变成了鄙夷不屑的样子,"她不但可怜,还叫人厌烦得要命。她天天早上都得有熬好的粥喝,随时随地得有人关心。她会莫名其妙地神经紧张,没完没了地抱怨。家里来客人了,她心烦;人都走开了,她又嫌冷清,觉得受不了。她每天都在担心我会爱上别的女人,然后就一刻不停地缠着我,叫我多给她一些爱情。爱情,她就知道爱情。跟她生活在一起,我什么事情也做不了。到现在她还认为我是因为有了新欢才离开她的。"

　　"但你确实跟林可妍在一起了。"

　　"那是在我来杭州之后才发生的事情。"

　　"这么说,你抛弃家里的一切,独自一人来到杭州,究竟是为了什么?就是为了写作?"

　　"说对了。正是为这个。在老家我离自己追求的东西太远,太多控制和束缚压得我实在喘不过气来。也许在这里我会得到的。"

　　"那现在你得到了吗?没错,你现在是有了名气,但你失去的更多,毁坏的也更多。"

"这句话怎么讲?"

"我想你大概忘了,是你亲手把林可妍的生活毁了的。"

"嗯,是吗?"郑旻随随便便地说。

陈默没料到提起林可妍的时候,他也是这种态度。看来,他的心肠真是冷酷到了令人发指的地步。陈默气愤得要命,一点儿也不想给他留情面。

"林可妍死了,你就一点儿也不内疚?"

陈默盯着郑旻的脸,看他的面容有没有什么变化,但他的脸仍然毫无表情。

"我为什么要内疚?"郑旻说。

"让我把事情的经过跟你摆一摆:你拼命追求她,她答应了你,肚子里还怀了你的孩子。为了你,她牺牲了自己的时间、金钱和安逸的生活。就算你用不着对她感恩,但之前人家生活得很幸福,为什么你非要插进来不可?"

"你怎么知道他们生活得很幸福?"

"这不是明摆着的事吗?"

"陈默,你觉得自己把什么事都看得很透,是吗?"郑旻终于反唇相讥道,"你认为她做了那件事,我还会对她的死耿耿于怀吗?"

"你说的是什么事?"

"她怀的那孩子不是我的!"郑旻突然恶狠狠地盯着陈

默,一字一句地说。

"什么?"陈默瞪大了眼睛,声音都变了,"那是谁的?"

"林可妍刚死那会儿,我确实很自责。后来,我接到了一个电话,是一个叫方斌的男人打来的。"

对陈默来说,郑旻的这句话仿佛又是一个晴天霹雳。

"方斌?林可妍以前的那个男朋友?"他急忙问。

"是。"

"他说什么了?"

"他劝我千万不要再自杀了,我问他为什么,他就告诉了我真相。"

"真相?"

"嗯。他从英国留学回来后,又遇见了林可妍。他们两人旧情复燃了。"郑旻停了一下,才又缓缓地接着说,"后来,他让她怀上了自己的孩子。林可妍就有了跟魏家铭离婚、然后跟他一起去英国生活的想法。但方斌手里没什么钱,林可妍就想出了从魏家铭手里骗些钱之后再出国的主意。"

陈默愣了半响,才愕然地说:"我有一点想不通。既然这样,林可妍为什么还要再扯上你?"

郑旻冷冷地笑了笑,说:"方斌那小子是个没种的家伙。他根本没胆量面对面地去跟魏家铭谈这事儿。这也难怪,连给自己心爱的女人买一支口红都要犹豫的男人,你还能指望他干什么?"

如今,这意想不到的真相赤裸裸地摆在陈默面前,惊得他半天都说不出话来。

原先陈默就一直奇怪,郑旻和林可妍这一对无论从哪一方面来看都不相配的人是怎么凑到一块儿的,但他从没想到竟会是这么一回事。他也记起自己总是怀疑林可妍的拘谨外表下面可能掩藏着某些他不知道的隐情。现在他明白了,她极力隐藏的远远不止一个令她感到羞耻的秘密。她之前刻意装出来的安详,就像暴风雨侵袭后的岛屿上的凄清宁静,她有时显出的快活的笑脸也是绝望中的强颜欢笑。

最后,还是陈默打破了沉寂:"你还有什么要说的?"

"对了,我还有一句话要说:你是个大傻蛋。"

"你——"陈默气得浑身颤抖起来,"你有什么资格这样说我?"

郑旻盯着他,脸上的表情满含轻蔑:"现在我来问问你,林可妍活着也好,死了也好,难道你真的很关心?"

陈默想了想,说:"如果说对她的死,我一点儿也无所谓,那我也未免太没有同情心了。生活能够给她的东西很多,她就这样死了,我认为是一件很可怕的事。但我也觉得很惭愧,因为说实在的,我并不太关心。"

"陈默,你还是那副圆滑的德行,"郑旻冲他不屑地笑了笑,说话的声音有点像是在喝斥,"一点儿都没变。"

"是啊,我是没变,就跟你一样。"陈默也不甘示弱地大声讥讽道，"你到底想证明什么给我看？想证明一个人犯了可怕的错误后仍然能活得很好？但我告诉你，人到了晚上都是要睡觉的。"

"说得不错，请继续。"郑旻给他鼓掌道。

"或许你出现在公共场合时，能带上自信和老练的假面具，或许你也能糊弄外面的那些人，但到了晚上，你一个人回到家，不会失眠吗？因为你一闭上眼睛，你的父母，还有郑玉洁，就会浮现在你眼前！"

"或许，"郑旻用凶狠的目光瞟了他一眼，"或许我闭上眼睛，看见的是自己的脸。或许我回想起一个自以为是的傻瓜跑过来质问我的那些话，就会偷笑个不停。"

"每个人都有每个人的活法，"陈默不服气地说，"你以为你出名了、成功了，就有嘲笑我的本钱了吗？"

"不，不，"郑旻无可奈何地摇了摇头，"我没嘲笑你。陈默，你是个聪明人，只是有一点你还不明白：生活没办法十全十美，有些时候你必须做出选择。"

"你这是什么意思？"

"你的病根不是嫉妒和贪婪，而是虚伪——既不承认自己的局限，也不忠于真实的本我。你没勇气坦白承认你真正的思想，你也没勇气做你真正想做的事情。你来这里质问我，当知道林可妍的死并不是因为我的过错时，你就开始退缩了。不过，咱们谈论她已经够多的了，她实在是个一点也不重要的货色。倒是你,也许你会忘掉这些事,也许你结婚后会过得很幸福,但你从来就没相信过自己。我们一生中会有很多选择,带着这些选择继续生活,才是人生中最难的一课。这件事没人可以帮你,而你剥夺了自己去选择的机会。你也从没体会过我因为这些选择遭受到的所有苦痛。告诉我,像你这样的人,有什么资格带着道德上的优越感来质问我?!"

陈默目瞪口呆地看着郑旻,再也说不出一句话来。

这时一个工作人员推门走进来,说:"郑先生,时间差不多了,外面还有很多人在等着你。"

"好的,我这就出去。"郑旻冲那个人摆了摆手,有些抱歉地说。

"那么,老朋友,再见了。"他又对陈默说。

"再见?"陈默苦笑了一下,突然冒出了这么一句,"最好还是不要见了。"

"那就随你的便吧。"

然后,郑旻就站起身来,走了出去。过了一会儿,陈默觉得身上恢复了一些气力,就也站起来,走出了这个房间。

外面的大厅中,一群人围着郑旻,在争相跟他交谈。借这个机会,陈默望了郑旻一眼。而他正一动不动地站在那里,面对着周围这群人,眼睛里闪着友好又冷淡的笑意;那么多的秘密就被掩藏在了这种笑意下面。事到如今,也很难说清到底谁对谁错、谁是赢家谁是输家。

陈默去过郑旻的家乡，又刚听了这样一个故事，所以他看得一清二楚，他懂得郑旻的性格和命运，也懂得他这种漠然无情的超然态度。

陈默可以看清楚郑旻是怎么站在那儿接受人们的喝彩与崇拜的。他那个样子，使他想起了古罗马皇帝的雕像。那些皇帝凭着君权神授的理论，掌握着睥睨世人的权力。他面部的侧影显示出一种冷酷又自豪的力量，他的身体是漫不经心的稍息姿势。一瞬间，陈默觉得，自己好像看到了一个炽热的灵魂正在追逐某种难以想象的东西。他凝视着站在前面的那个人，忽然有了一个奇怪的感觉：这一切只不过是个外壳，他真正看到的是一个脱离了躯体的灵魂。

突然之间，他觉得，这种感觉对他那分裂的性格既是指斥，也是讽刺性的暴露。他感到，现在的自己，仍然很孤独，就跟以前单身时的自己一样——由于没有得到救赎的空虚，他反倒觉得更孤独了。在别人汇聚成一股生活的激流时，他却处于局外，得不到真正的慰藉。眼下，即使有了周语菲他也孤独——实际上更为孤独，比平生任何时候都更加绝望更加孤独。他通体悲凉，自己的名字也正昭示着自己未来的生活：陈默，沉默，从今以后，他将沉默一辈子。

后来，他回到自己的住处，躺到了床上。他的头脑空空如也，把一切杂念都打消了，压根儿不考虑自己，不考虑周语菲,不考虑生活,不考虑一切欺骗,不考虑一切背叛……这时,就像获得了某种抚慰一样,他安然地入睡了。只是自此以后,他再也没做过那个飞起来的梦。

2013 年 7 月 16 日 17 点 56 分

后记　远走高飞，自己解围

　　我的写作之路始于 2006 年。现在，转眼到了 2018 年。这十几年间，在付出不间断的劳动之后，我陆续写就了五部长篇小说和一篇短篇小说。

　　2011 年初，我出版了自己的长篇小说《良辰美景》。但由于多种原因，在接下来的几年中，这部作品让我体验到的失望之情要远远大于成功的欣喜。所以，在这部《远走高飞》将要出版之际，我想在后记里说明一下自己对它的看法，以消除读者可能产生的误解。

　　《远走高飞》写于 2013 年。时年我 27 岁，在杭州工作和居住。写这个小说的过程中，正值酷夏。我独自身处不到二十平方的出租屋内，在电脑前常常枯坐一整个白天。夜幕降临之后，燥热稍稍散去，我会离开屋子，到仅有一条马路之隔的西溪湿地跑跑步、出出汗，回来再冲个澡，感觉可以洗去一天的疲累与孤独。

　　这部小说就是在这样的状态下完成的。我认为，它不应被简单归为某种类型的小说——此前的《良辰美景》同样也是如此。我在最开始写作时，就完全没有要去创作一部某种类型小说如言情小说、侦探小说或是现实主义小说的打算。《远走高飞》以及我的其他所有作品，皆出于我在某个特定的时间段内心灵状态的本真反映。我不为彰显文采写作，不为供读者消遣写作，甚至不为记录时代而写作。即便这部小说里确有鲜明的时代特征和烙印，然而我的看法是，在每一个时代，人们也都是那样恋爱、那样贪婪、那样争执、那样嫉妒、那样探索真理、那样耽于情欲，人们也过着那样复杂的精神生活……我在作品中所竭力表现的，就是每个时代都存在的、普遍和共通的东西。

五年前的某个下午，我敲完了《远走高飞》的最后一个字。如今，我重读并修改它的时候，曾经在杭州的生活记忆也随之纷至沓来。我回忆起当年，完成这部书稿时的那个夏夜。彼时，我照例去西溪湿地跑步。站在那昏黄的路灯下面，看着来来往往的人，恍恍惚惚中，我感到自己还没完全从那编造的故事中摆脱出来。

我仍在想着书中的主人公——郑旻。这个身上存在着多种矛盾的激情男人，被现实的残酷和荒诞彻底击碎的时候，我感到了一种难以名状的情绪令自己无处遁形。郑旻全身心地追求理想中的、幻影般的爱情，但女主角林可妍却不由自主地一步步堕入自我毁灭的深渊。于是，他的追求反而嘲讽般地把自己推向了生命中意想不到的另一边。然后,我在那个夜晚得出了一个结论:不会有太多的人希望在蓝色的天空下不断地延展梦想,包括爱情在内,无奈的具有理想性质的向往与改变他人的试图总会变得苍白和荒谬。

在这之后,我陷入了长时间的自我怀疑之中。与此同时,我也开始质疑写作的真正意义。我甚至感到,写作竟是一种极其可笑的举动。我之所以会这么认为,是因为写作在我的生活中并没起到过多少实际作用;相反,却给我带来了许多难以消解的困惑与痛苦。那时候我觉得,也许在这一切都完成之后,该是什么样还是什么样。我所经历的生活,我所在的世界,都没有因此而产生丝毫的改变。

但这可笑的举动我还是一直在做着。那么,为什么我坚持做下去了?大概是因为,随着时间流逝,我越来越体会到生命中所经过的那些真实给予自己的感情。我逐渐意识到,文学作品的这些素材,便是我以往的生活、感悟和想象力;它们在不经意间被我积存起来,同时在自己的作品中找到了一个最合适和最永恒的归宿。

更进一步来说,如果不去写作,很多隐秘的心绪和矛盾将成为个人永恒的秘密。只有借助写作,作为作者的自己才能走出自我,才能让别人了解到自己身处在这个世界中看到了什么不一样的东西。人的一生是有限的,而作品的生命却远为恒久。更重要的是,它给在黑暗中摸索的后来人带来启迪、希望，而当作品走进人们心中，并引领他们中的一些人走上探索自身秘密的道路，这便是写作的意义之所在。

　　是为后记。

柳岱林

2018 年 8 月 17 日